三谷幸喜のありふれた生活18

# 時の過ぎゆくままに

朝日新聞出版

# 三谷幸喜のありふれた生活18　時の過ぎゆくままに・目次

装画　ヨシタケシンスケ
題字・挿画　和田 誠
装丁　渋澤 弾

# 三谷幸喜のありふれた生活18　時の過ぎゆくままに

初出・朝日新聞二〇二〇年十月一日〜二〇二一年四月七日

# 作品の中で生き続けている

彼女とは映画「ステキな金縛り」が最初の仕事だった。

僕自身のキャスティングではなかった。主人公の弁護士（深津絵里さん）が担当する事件の被害者役。僕はもっと年配の女優さんを想定していた。プロデューサーのアイデアだったと思う。スタッフルームに挨拶《あいさつ》に来た時、「バツイチ、子持ち、竹内結子、よろしくお願いしまーす」とこれ以上ない明るい笑顔を振りまいていた。劇中では憎まれ役だったが、とても楽しそうに演じてくれた。

映画の宣伝企画で、ちょっとしたドラマに出て貰《もら》った。料理下手な料理研究家の役で、深津さんと二人で実際にニョッキを作る。二十分、長回しの二人芝居。絶対に芝居を止めてはいけない舞台方式。映像がメインの彼女は必死だったが、その必死さが実にチャーミング。途中床に散らばった小麦粉で足を滑らせ尻餅をついても決して芝居を止めず、二十分を乗り切った。その時の度胸、機転に僕は彼女で本格的に舞台をやってみたいと思った。

ドラマ「大空港2013」。松本空港を借り切って、今度は百分長回し。彼女は好奇心旺盛なグランドスタッフでほぼ出ずっぱりの大活躍。これほど彼女を堪能出来るドラマは他にないと思う。彼女の屈託なさそうな（この「なさそうな」が大事）笑顔は画面からはみ出し始め、たまに見せるクールでちょっと意地悪な表情も素晴らしい。

そして満を持しての初舞台「君となら」。妹役のイモトアヤコさんとの初舞台コンビは、舞台上をパワフルに駆け回り、お客さんを魅了した。役者に必要なものは、テクニックでも経験でもないことを彼女に教わった。そこにいることを楽しむ。それがすべて。

休憩中に僕が楽屋を訪ねると、夏だというのに鍋焼きうどんを食べていた。汗だくのジャージ姿。しかも上着の前がほぼ全開。すぐに気付いて「あらやだ」とファスナーを引き上げる姿に、僕は「自分の家じゃないんですから」と突っ込まずにはいられなかった。

大河「真田丸」では悪女のイメージの淀君を、様々なトラウマを抱えて、それでも誇らしく生きる一人の女性として演じきった。

プライベートでお会いすることはほとんどなかったけど、役者さんでは珍しく、たまにメールのやりとりをしたり電話で話したりした。役に対する思いや、仕事への意気込みなどを熱っぽく語ってくれた。彼女の書く文章は端正でユーモアと品があった。彼女のエッセーを読みたいと思った。

「真田丸」が最終回を迎えた時、連絡を貰った。豊臣家を滅ぼしたのは自分だ、申し訳ないと、完全に役と同化していた。淀君がかわいそうと嘆く彼女に、僕はなぜ淀君の最期を描かなかったかを説明した。ドラマの中では淀君は生き続けている。生きて幸村を待っている。伝説の通り、あの後、彼と薩摩に渡って幸せに暮らしたのかもしれないよ、と。

そう、彼女とはもう会えないけれど、彼女が演じた沢山《たくさん》の人たちは作品の中で生き続けている。そして僕らはいつだって会うことが出来るのだ。

# 五十年ぶり「ドリトル先生」

六歳の息子に毎晩、読み聞かせをしている。最近は岩波少年文庫の「ドリトル先生」。イギリス出身のヒュー・ロフティングが書いたこのシリーズは、動物と話せるドリトル先生とその仲間たちが活躍する冒険物語だ。ちなみに可愛い挿絵も彼自身が描いている。全十二巻。ひとつひとつの話がかなり長いので、毎日四〜五ページずつ読んで、今は第四巻「ドリトル先生のサーカス」まで来たところだ。

小学生の頃、ひたすらはまった。同時期に読んでいた「ホームズ」シリーズは、大人になってから何度も触れる機会があったが、ドリトル先生の場合はこの歳《とし》になるまでほとんどというか、まったく目を通すことがなかった。まさに五十年ぶりの再会だ。

小説家井伏鱒二《いぶせますじ》の翻訳が素晴らしい。平易な日本語でかつ格調高く、ユーモアに満ち溢《あふ》れている。前後に二つの頭を持つ架空の動物「pushmi-pullyu」は、直訳すれば「オシテワタシヲ、ヒイテアナタヲ」みたいなことになるのだが、それを「オシツオサレツ」と訳したのは見事としか言いようがない。他の翻訳も見てみたけど、これを上回るものはなかった。実際この五十年間、正直僕は一度もドリトル先生のことを思い出したことはなかったけど、オシツオサレツの響きはしっかりと覚えていた。

翻訳されてから年月が経っているので、たまに今は使わない言い回しが出てくる。その辺は臨機応変にアレンジして読んでいる。ちなみに井伏版ドリトル先生は自分を「わし」と呼ぶが、三谷版では「私」である。

「ドリトル先生」の世界に浸りながら眠りにつくのが日課となっている息子に、なにがそんなに君を魅了するのか、尋ねてみた。登場する動物たちのキャラクターが面白いというのが第一の理由。彼のお気に入りはトラブルメーカー、ブタのガブガブと、いつになっても作者に名前を付けて貰《もら》えない白ネズミだ。これは渋い。

そしてもう一つの理由が、早く先が読みたくなるところ、だという。そうなのである。ロフティングという人は「引き」が上手《うま》いのだ。一章を読み終えると、どうしてもその続きが知りたくなる書き方。その連続の中で、脱出劇、裁判もの、ロードムービー的展開と、「面白い物語」のあらゆるバリエーションが次から次へと展開される。これは連続ドラマの脚本家である父親にも非常に勉強になるところだ。

現代の目でみると不適切な表現があるという理由で「ドリトル先生」は海外ではほとんど過去

の作品となっているらしい。確かに書かれた当時の常識の中で、差別的な描写は随所にある。でもドリトル先生は、むしろすべての生きとし生けるものを愛するキャラクター。ロフティングもそうした理由で、このシリーズが埋もれてしまうのは本意ではないと思う。どうにかならないものだろうか。

昨日の夜の段階で「ドリトル先生のサーカス」は終盤のクライマックスを迎えた。どうやら動物たちで劇団を作り公演を打つことになるらしい。ああ、面白い。早く続きが読みたい。

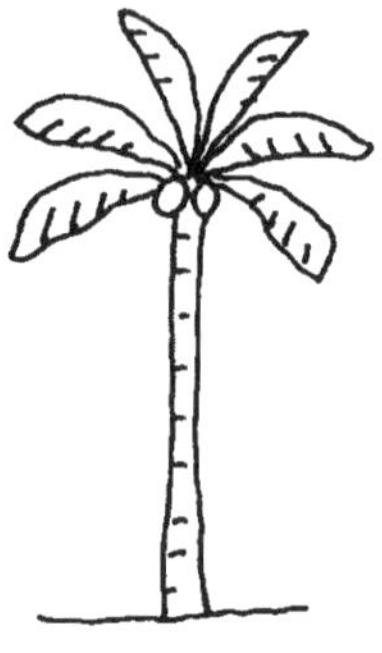

# 斬新な「麒麟」が羨ましい

再来年の大河ドラマ「鎌倉殿の13人」の執筆中である。この先、大河ドラマを書く人のためにお伝えしておくと、(二〇二〇年の)十月のあたまで今、第六話を書いています。第一話のオンエアの約十五カ月前。これが早いのか遅いのか、まったく分からない。今まで二回大河の経験があるけど、こういうのって時間が経つと忘れてしまうのです。

ドラマにせよ映画にせよ舞台にせよ、完成品の印象が強すぎるから、作っている間、特に書いている間のことは、ほぼ頭の中から飛んでしまう。自慢にはならないが僕は書くのが早い方ではないので、たぶん遅いのでしょう。しばらくは新作映画も舞台もないから、これから盛り返します。

大河と言えば今年の「麒麟《きりん》がくる」が凄《すご》い。従来の戦国ドラマの概念をことごとく打ち破っている。こんな光秀見たことない、こんな信長見たことないと、「こんな〇〇見たことない」の連続。僕も演じたことのある十五代将軍足利義昭が、こんないい人に描かれるのはドラマ初ではないか。

　姑息《こそく》で度量が狭くプライドだけはやたら高いというのが、従来の義昭像。そこがまた魅力でもあったのだが、今年の彼は正反対の、庶民の幸せを願う、仏様みたいな人。信長の敵として登場する場合が多いので、どうしても悪い奴《やつ》に描かれがちだが、今回の義昭も十分、「あり」だ。目から鱗《うろこ》だった。一筋縄ではいかない大河だから、これから豹変《ひょうへん》するのかもしれないけど、とにかく目が離せない義昭である。

　ユースケ・サンタマリアさん演じる朝倉義景にも驚かされた。こんなに丹念に彼が描かれたことが今まであったか。信長の妹お市の旦那さんの浅井長政のお友達として登場するケースが大半。ところが今回は浅井が登場する前からばんばん出てくる。ユースケさんの快演もあって、かなり身近な存在となった朝倉義景。幼い息子さんが毒殺されたなんて、まったく知りませんでした。まさかここまで朝倉義景に感情移入する日が来るとは。

　しかし血の通ったキャラクターになってしまうと、今後、彼に訪れる運命を果たして僕は受け入れることが出来るか、心配になる。義景といえば有名な、信長が作らせたという金箔《きんぱく》の○○のエピソード。そのシーンを僕は正視する自信がまったくない。お馴染《なじ》みの逸話を決してストレートに描かないドラマだから、ひょっとしたらあのシーンも独自の解釈が加わっているかもしれないけど。出てこない可能性もあるな。今から気になって仕方がない。

信長や秀吉、家康に至るまで、独自の解釈で従来のイメージをどんどん覆していく「麒麟がくる」。羨《うらや》ましい。なぜなら僕の「鎌倉殿の13人」はその手法が使えないのだ。だって頼朝や義経はまだしも、主役の北条義時には、従来のイメージを覆したくても、そもそも従来のイメージがない。今年の大庭景親はひと味ちがうぞとか、こんな上総介広常《かずさのすけひろつね》、見たことないぞとか、そんな風に思ってくれる人は、ごく一握りだろう。それだけ知られていない時代の話なのである。

もちろんそこには、だからこその面白さもあるのだが。（続く）

# 平安から鎌倉、未知の世界

僕が脚本を担当する再来年（二〇二二年）の大河ドラマ「鎌倉殿の13人」。鎌倉殿というのは鎌倉幕府初代将軍源頼朝のこと。13人は頼朝の死後、合議制で政治を動かした御家人の数。その中でもっとも若かった北条義時が、物語の主人公だ。

ホンを書き進めれば進めるほど、自分はこの時代のことを何も分かってないと痛感する。そもそも研究家ではないので、歴史に造詣《ぞうけい》が深いわけではない。大河を二本書いていて何を言うかとおっしゃるかもしれないが、あれは優秀なスタッフがいたからこそ。僕自身は、知らない人よりは知っているけど、よく知っている人ほどは知らないといったレベルだ。

それでも幕末や戦国時代に関しては、ある程度の知識はある。もちろんそれは、小説で読んだりドラマで観《み》たりしたものがベースになっている。戦国武将たちの戦っている姿はすぐにイメージ出来るが、それは何度となく映像（主に大河ドラマ）で観ているからだ。

ところが源頼朝、北条義時である。彼らが活躍した鎌倉時代初期は、ドラマで描かれることが非常に少ない。大河でいえば二〇一二年の「平清盛」以来だ。ちなみにそれから来年の「青天を衝《つ》け」まで戦国ものは四本、幕末が描かれたものも四本ある。

つまり大河で歴史を学んできた僕のような人間にとっては、基礎知識が極端に少ない時代なのだ。資料を調べていくと驚くことばかり。戦い方にしても戦国時代とはまったく違う。戦の前に大将同士が出て来て罵《のの し》り合ったりする。なんというか非常に牧歌的なのだ。銃はもちろんないので、武器は主に刀と弓矢。そして山の中の戦いとなると矢も使えないので、なんと石を投げ合っていたらしい。いまだに古戦場では河原から拾ってきたと思われる投げやすい丸みを帯びた石が大量に見つかるという。

当時の人たちにとっては、神仏がとても近い存在であるのも驚きだ。特に頼朝は信心深かったみたいで、これから戦だという時に、その日は殺生をしない日と決めているのでやめよう、とか言い出す。戦地に向かう時、小さな観音様を髻《たぶさ》の中に隠しておき、もし負けて首をはねられた時、髪の中から観音様が出て来たら恥ずかしいな、と思い悩む頼朝の様子が、当時のことを克明に記した歴史書「吾妻鏡《あずまかがみ》」に出てくる。

さらにびっくりしたのが、打倒平氏を目標に頼朝が挙兵した時の兵士の数。どうやら最初は赤穂浪士よりも少なかったみたい。なんというスケールの小ささ。戦国時代の代表的な合戦「桶狭間の戦い」では、今川義元軍が二万五千人以上。織田信長軍が三千から五千。規模が違いすぎる。

もちろんその後、本格的な源平合戦となって兵の数も増えていくのだが、出発点は任侠《にんきょう》映画の「出入り」に近いと知って、僕は唖然《あぜん》とすると同時に、この時代がとても身近なものに感じた。

台本執筆は七話目に入った。既成概念をことごとく打ち壊す天才的軍略家源義経登場。僕の頭の中にあるイメージは、バラエティーの常識を乗り越え、テレビ界に新風を巻き起こしているフワちゃんです。

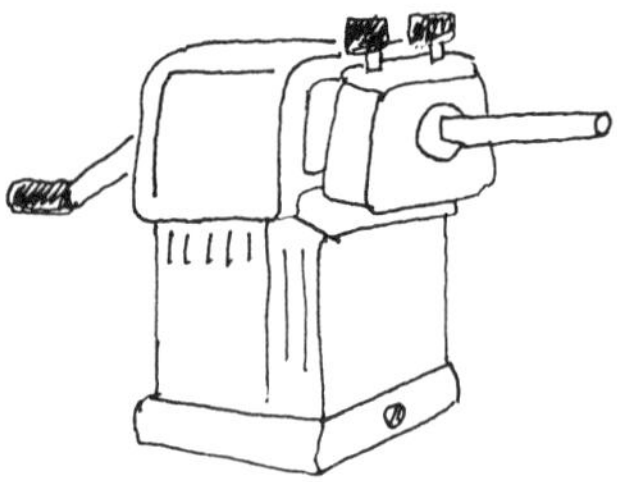

# 銭湯で昭和へ時間旅行

家の給湯器が壊れた。修理が完了するまで、つかの間の銭湯通いである。僕にとっては数十年ぶり。息子にとっては人生初。

大人四百七十円。思っていたよりも高い。ちなみに幼児は八十円。家族で毎日通うと一年で四十万近くなる。かなりの贅沢《ぜいたく》ではある。区によっては、家族連れだと無料になる日もあるらしいが。（いずれの料金も二〇二〇年十月時点）

服を脱ぐスペースが番台から丸見えなのも、新鮮な驚きだった。こんなに見えているものなのか。もちろん番台に座る女性は決してこちらを見ることはないが、そうは言っても見ず知らずの異性を至近距離に置いて、全裸になるのは抵抗があった。ところが周囲を見渡すと、他のお客さんたち（老人二人）は、まったく気にせずに堂々と闊歩《かっぽ》している。その中で、一人股間をひたすら両手で隠し続けるのは逆に恥ずかしかった。腹をくってオープン全開。予想外の慎《つつ》ましやかな解放感。

ロッカーの鍵が付いたゴムの輪っかを腕にはめた瞬間、昭和にタイムスリップ。全裸に何の抵抗感もない息子と手を取り合い、風呂場へ向かう。

「半自動ドア」と丁寧に書かれたドアが開くと、思い描いていた通りの空間が目の前に広がる。巨大な壁画こそなかったが、僕の知っている銭湯がそこにあった。平日の夕方。お客さんはここもご老人が三人いるだけ。

最近、どの仕事の現場に行っても、最年長のポジションで居心地が悪かった。大学時代から今の仕事をしていたから、ずっと最年少が定位置だった。歳《とし》を重ねることの哀《かな》しさよ。だがここでは違う。六歳の息子を除けば僕が最年少。久々に若者気分を味わう。

大きな浴槽の中、ジェット噴射の気泡に包まれながら、息子は歓喜の声を上げている。僕はしばし他のお客さんを横目で観察。こんなにしみじみと全裸のお年寄りを見るのは初めてだ。皆さん、人生経験が全身から滲《にじ》み出ている。目の前を一糸まとわずにガリガリの老人が歩く。まるで彫刻。歩いているだけなのに、いいドラマを観《み》ているような感動を与えてくれる。隅では、別の老人が手慣れた職人のように、システマチックに身体を洗っている。愛《いとお》しい。愛しすぎる。

彼らは不思議なほどに息子に優しかった。自分の孫の姿を重ねているのだろうか。初めての銭湯経験に戸惑う息子に対し、お湯の出し方から、桶《おけ》の持ち方、隣の人に迷惑が掛からないような身体の洗い方まで、皆さん、よってたかって親切に教えてくれた。文化が継承される瞬間を見た気がした。

入浴後、そこにあった懐かしい木製器具で意味なく身長を測ってみた。アナログ感満載の体重計にも乗ってみる。息子は電動マッサージチェアに初挑戦。かなりボロボロの旧式だったが、「これはいい」とご満悦の様子。自宅では決して味わえない満足感。これはある意味アミューズメントパークだ。最初は高額に思えた四百七十円も、むしろ安いとさえ思った。

銭湯といえば定番の、風呂上がりに飲む瓶入りコーヒー牛乳が、既に販売中止になっていたのだけが、ちょっと残念だったけど。

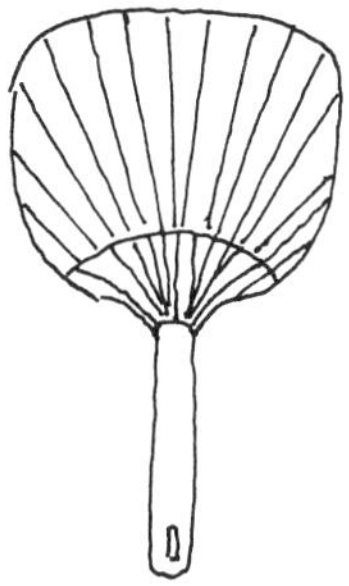

# 若き日重なるサイモン喜劇

ニール・サイモンが六十代で書いた戯曲「23階の笑い」を演出する。

彼の作品は「ロスト・イン・ヨンカーズ」に続いて二度目。サイモンといえば「おかしな二人」や「サンシャイン・ボーイズ」「裸足で散歩」が有名だけど、今さら僕が「おかしな二人」を演出しても、よほどの趣向を凝らさない限り、新鮮味に欠ける。そしてサイモンのホンは趣向を凝らさない方が絶対面白い。「ロスト・イン・ヨンカーズ」も「23階の笑い」もどちらかと言えば、メインストリートからちょっとはずれた作品だが、だからこそ僕の演出心はそそられる。

「23階の笑い」はサイモンが駆け出しの放送作家だった時代を描いている。言わば自伝的作品。一九五〇年代に一世を風靡《ふうび》したコメディアン、シド・シーザー（劇中ではマックス・プリンス）とそのブレーンであるライターたちの物語だ。シーザーは映画俳優が本業ではなかったので、日本ではあまり有名ではない。でも僕は子供の頃から彼を知っていた。

一九六三年に作られた映画「おかしなおかしなおかしな世界」（スタンリー・クレイマー監督）は、当時のアメリカのテレビの人気者が総出演という、僕好みの群像コメディー。それがリバイバル公開された時に観《み》て大興奮。中学の時にテレビ放送されると同級生たちの間でも評判となり、自分らで登場人物に扮してワンシーンを再現して遊んだ。その時に僕が担当したのが、おしゃべりな歯医者さんの役で、それを映画で演じていたのがシド・シーザーなのであった。

サイモンはシーザーのもとでコント作家としてデビュー。「23階の笑い」はその当時の話。作家仲間に「ヤング・フランケンシュタイン」の監督メル・ブルックスもいたというからびっくり。劇中には彼をモデルにした人物も登場する。

一九五〇年代のアメリカのテレビ業界。当然、僕はその時代を知らない。でも主人公ルーカス（サイモン）には痛いほど感情移入出来る。なぜなら僕の脚本家人生も最初はテレビの放送作家から始まったから。

一九八〇年代の日本のテレビ界で、僕は個性的な先輩作家に交ざってコントを書いていた。僕にとってのシーザーは、萩本欽一さんであり、東京に進出して来た頃の鶴瓶師匠だ。この「23階の笑い」が好きな理由はそんなところにもある。誰もが自分がいちばん才能があると信じて疑わない世界。そんな中で、なんとか皆に笑って貰《もら》えるコントを書こうと僕は必死だった。

今は大ベテランになっている先輩の皆さん。特に強烈な印象が残っているのは、現在はアニメ脚本家の大御所であるU氏。不条理な作風と同様、ご本人もかなり強烈な性格。「23階の笑い」

でいえばアイラ、つまりはメル・ブルックスに相当する。なにしろU先輩は、恋人を愛するあまりに、男性でありながら想像妊娠し、お腹《なか》が膨らんでしまった過去を持つのだ。

ルーカスは、この世界で生きていくには、自分もクレージーにならなければいけないと悟るけれど、どちらかというと常識人の僕は、そこまで振り切れず、早々に放送作家という仕事に見切りをつけてしまうのだが。

# 「××」な放送作家だった

ニール・サイモンの戯曲「23階の笑い」の主人公ルーカスは、サイモンの分身ともいうべき存在。サイモンがそうであったように、彼も駆け出しの放送作家。そして僕もかつては新人放送作家だった。

大学生の時、キャンパスの掲示板に「ライター求む」の貼り紙を見つけ、引き寄せられるように作家事務所の門を叩《たた》いた。

最初に携わった番組は、山城新伍さん司会の「アイ・アイゲーム」。

女好きのイメージが強かった山城さんが下ネタ風の問題、例えば「私の妻は××の時、やたら声がでかいんです」を出し、××に入る言葉をせんだみつおさんやクロード・チアリさんといったパネリストが答える。××はチョメチョメと読み、チョメチョメは流行語にもなった。

山城さんが言うといかにもいやらしそうに聞こえるのだけど、先の例でいえば、××に入る言葉は、「内緒話」とか「選手宣誓」あたりが正解。ジャッジは山城さん自身が下す。下ネタからのギャップが笑いを呼ぶ。アイ・アイゲームはイメージの飛躍を楽しむという、実はかなり高度な言葉遊びなのであった。

その問題を作るのが、僕ら若手作家の仕事。解答例も考えなければならない。一問採用されると五千円。大学生のバイト代と考えると破格の額である。当時は、一日中、チョメチョメのことばかり考えていたような気がする。

放送作家として僕は決して優秀ではなかった。ドラマの脚本家になれるとは思っていなかったけど、当時から台詞《せりふ》のあるもの、ストーリー性のあるものが書きたかった。そっちの方が自分の力が発揮出来ると思っていた。

事務所から貰《もら》う仕事は、クイズ番組の問題作りや、情報番組のネタ探しがほとんど。アイ・アイゲームは頭を使うので楽しかったが、それ以外は、海外の不思議な風習を雑誌で探したりと、リサーチ系のものが多かった。インタビュアーさんに付き添って、デンスケという録音機を担いで取材に行ったりもした。それは描いていた放送作家のイメージからはほど遠かった。

それでも笑福亭鶴瓶師匠の番組「遊びにおいで」で、僕の考えたゲーム、大量のヤカンを山積みにし、音を立てないように一個ずつ取っていきながら（将棋崩しの要領です）、その中にある真っ赤なスペシャルヤカンを見つける「おヤカン様を探せ」が採用になった時は感極まったのを覚えている。

毎週、都内のホテルの一室で鶴瓶師匠を囲みながら、大勢の作家が集まって深夜まで行われるミーティング。そこにも交ぜてもらった。緊張したけれど、ああ自分はテレビの世界にいるんだな、という感慨に包まれながら、始発電車で帰宅したものだ。

舞台「23階の笑い」の稽古は順調だ。新人作家ルーカスを演じているのは瀬戸康史さん。先輩作家に囲まれて右往左往するルーカスを見ていると、あの頃の自分にどうしても重ねてしまう。

このお芝居には、僕自身の自伝的要素も多分に含まれているのだ。書いたのは僕ではないけど。

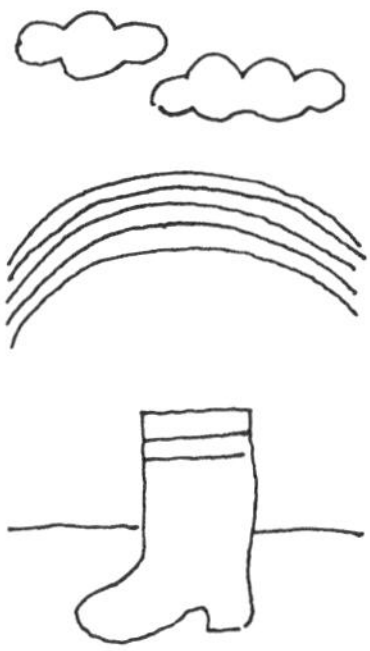

## 台詞の多さは「師匠」譲り

ニール・サイモンの戯曲を読んでいると、いつも思う。彼の特徴は台詞《せりふ》にある。とにかく登場人物がよく喋《しゃべ》る。僕のホンも台詞が多いとよく言われる。確実にサイモンの影響である。舞台の時はまだ気にならないと思うけど、僕の書くものは映画もテレビも台詞に溢《あふ》れている。放送作家時代に書いていたコントですら。

言葉ですべてを説明してしまっている、と批判もされる。実は「師匠」ニール・サイモンもそうだった。

彼のオリジナルシナリオを映画化した「グッバイガール」。サイモンの関わった映画の中では一番だと思うのだが、ポーリン・ケイルという有名な映画評論家が、この作品をぼろくそにけなしていた。どの登場人物も多弁で説明過剰。誰もが同じように洒落《しゃれ》たことを言う、そこが映画的リアリティーに欠けると、サイモンを根底から否定するようなことを書いていた。彼女の目には、サイモンの書く世界は不自然極まる人工的なものに映るらしい。

学生時代、初めて彼の作品に触れた時、当然その台詞の面白さに真っ先に惹《ひ》かれたのだが、この「とにかくよく喋る」「気の利いた言い回しをする」というのが、サイモンの特徴なのか、それともアメリカ人はみんな、普段からこんな面白い会話をしているのかが、分からなかった。

ケイルの批判を読んで、アメリカ人といっても一般の人々はどうやらこんな会話はしていないということが判明した。向こうの人から見ても、サイモンの書く会話は独特なのだろう。

しかしだからと言って、それの何がいけないのかがよく分からない。もちろん極力台詞を減らして、このシーンはどういう意味か、観客が常に頭を使う作品も僕は嫌いではない。でも逆に愉快な会話の応酬をひたすら楽しむタイプのものがあっても良いではないか。言葉で話が進行するドラマが、質が低いとは思えないのだ。

まあ僕の場合は、登場する人物がだいたい日本人だから、サイモン風に台詞を書くと、やはり違和感があるかもしれない。確かにそこにリアリティーはない。

以前、爆笑問題の太田光さんに、僕の作品は「洒落た感じが鼻につく。日本人はあんな風には喋らない」と言われた。もし彼がそれを本気で不快に感じたのなら、それは書き方が未熟だったから。アメリカ風のやりとりを、日本の風土に落とし込めなかった僕の責任だ。リアリティーのない会話自体には、何の問題もない。リアルな会話は日常生活で楽しめばいいわけで、フィクションの世界にまでそれを求めて欲しくない。

ただし説明台詞は別である。電話口で「なんだって、お父さんが階段から落ちて脚の骨を折った?」と相手の言葉を全部復唱するようなアンリアルな台詞は頂けません(僕は書きません、もちろん「師匠」も)。

今回の「23階の笑い」も「面白い台詞」満載である。「俺は目を開けて眠っている自分に気付いた。天井の夢を見ているのかと思った」なんて台詞はやっぱり笑ってしまうし、「ああ、ニール・サイモンだなあ」と嬉《うれ》しくなる。

# 「鎌倉殿」は、ただいま8人

大河ドラマ「鎌倉殿の13人」のメインキャストが発表になった。「鎌倉殿の13人」は二代目執権北条義時を中心に、平安末期から鎌倉初期を舞台にした群像ドラマ。メインキャストだけで、既に告知されていた主演の小栗旬さんを入れて二十五人もいる。しかも肝心の十三人（幕府を支えた御家人たち）に関しては、未発表のキャストがまだ五人もいるのだ。

キャストが揃《そろ》ってひな壇で一斉に紹介というのが、これまでの大河ドラマのパターン。しかしコロナ禍ということで、今は役者が密に並んでカメラの前に立つことが難しい。そこを逆手に取って、ツイッター（現「X」）で一人ずつ時間差で発表していく方式を採った。五日間にわたり、僕がまるで組閣人事の発表のように淡々と名前を読み上げる。キャスト発表自体をエンターテインメント化してしまおうという趣向だ。

考えたのは僕ではない。番組のプロデューサーと宣伝担当スタッフの皆さんが知恵を絞った。

スタッフの中にツイッターに詳しい誰かがいて、発表の順番やタイミング、何時からやるか、何時間おきにやるか、すべてを計算して、いちばん効果的な方法を選択した。完璧だったのではないか。

ツイッターの反応を見ると、皆さん、この発表を心から楽しんで下さっていた様子。登場人物（と演じる俳優）について一人一人、きちんと紹介出来たのも良かった。

ちなみに画面に出て来た僕は、僕のようで実は僕ではありません。だって脚本家自らキャスト発表するのって気味が悪いでしょう。眼鏡も髪型も変えて、番組のスポークスマンとしてやってみました。名前は鎌口倉之助といいます。よろしくお願いします。

さて、ここで忘れてはならないのが「鎌倉殿の13人」は再来年（二〇二二年）の大河ということ。来年は「青天を衝《つ》け」である。

主人公は渋沢栄一《しぶさわえいいち》。以前からこの人のことは気になっていた。晩年の肖像写真が興味を引く。くまのプーさんにも似た、のほほんとした顔立ち。激動の幕末を生き抜いた人にはとても見えない。歴史上の人物っぽくないのだ。どこの町にも住んでいそうな、車が後ろからやって来たのに気付かず、堂々と道の真ん中を歩いていそうなお爺《じい》さん。

ところが実際は久坂玄瑞《くさかげんずい》と同い年、高杉晋作は一つ上、伊藤博文は一つ下。世代的にはバリバリの「幕末の志士」。尊王攘夷《じょうい》派でありながら幕臣、幕臣でありながら明治政府で活躍。誰もが命がけで生きていたあの時代に、あっち行ったりこっち行ったりしながらしぶとく生き残り、揚げ句に政治ではなく経済の世界で名を残した。経歴だけを辿《たど》るともうどんな人間なのかさっぱり分からない。

あの優しそうな老人が、実際はどんな人生を歩んで来たのか、詳しくは「青天を衝け」を観《み》てのお楽しみといったところだが、僕もそれ以上はよく知らない。ドラマを楽しみに待つことにする。

願わくば、「青天を衝け」を大勢の人が観て、日曜の夜に大河ドラマを観る習慣が今以上に定着したところで、「鎌倉殿の13人」が始まる。そんな風になってくれたら、とても嬉《うれ》しいです。

# N・サイモンも苦労した？

映画や演劇には名台詞《ぜりふ》というものがある。「カサブランカ」の「君の瞳に乾杯」とか、「ハムレット」の「生きるべきか死ぬべきか、それが問題だ」とか。もっとも後者は昔から名台詞と言われているけど、よくよく考えるとどこがいいのか、さっぱり分からない。答えは出ているではないか、生きるべきです。

和田誠さん著『お楽しみはこれからだ』は、ビデオや配信がなかった時代に、映画館で観《み》た記憶だけで和田さんが、映画の「名台詞」を紹介していく。「お熱いのがお好き」のラストの台詞「完全な人間はいない」は、実際に映画を観る前から僕はこの本で知っていた。

そもそも名台詞というのは、ストーリーの中で輝くもので、それだけを採り上げても理解不能の場合が多い。

先の「完全な人間はいない」もなんてことはないフレーズだけど、これがあの流れであの状況であの人の口から発せられると、爆笑必至の台詞となる。気になる人はぜひ「お熱いのがお好き」を観て下さいね。

「名台詞」とはちょっと違うけど、ニール・サイモンの戯曲の特徴なのが台詞の面白さ。これについては前にも書いた。若干補足。

だいたいどの作品も、ニールの戯曲は洒落《しゃれ》た会話に溢《あふ》れている。特に「23階の笑い」は人を笑わせることが専門のライターたちの話だから、半端ではない。台詞の八割がジョークと考えていいだろう。

僕も彼に憧れて、普段から「面白い会話」を書くように心掛けている。そして普段、人はそれほど洒落た会話をしていないので、台詞が面白ければ面白いほどリアリティーが乏しくなり、芝居に日常性を求める人たちには不評ということになる。

男　僕は今、ずっと君のことを考えていたよ

女　あら、私も

男　気が合うね

女　私も今、ずっと私のことを考えていたの

一見ニール・サイモン風ではあるが、このやりとりは僕が考えたものだ。「総理と呼ばないで」というドラマで、総理夫人とその愛人との間で交わされた会話。これだけで女の傲慢《ごうまん》だけどすっとぼけた性格が垣間見える。結構気に入って、その後も十年に一回くらいの割合で別の作品でも

使っている。ただし、実際にはこんなことを言う女性はまずいない。

名台詞にしろ、洒落た会話にしろ、最初から狙って書いてしまってはダメである。その部分だけ悪目立ちしてしまう。ごく自然に登場人物たちの会話にちりばめられているからこそ、生きるのである。その分、書くのは苦労する。ニール・サイモンもなんとなく、するするするっと書いているように思ってしまうけど、ひょっとしたらかなり悩んでいたのかもしれない。

ちなみに僕は、面白い台詞を考えることは出来ても、日常生活で、面白い会話をするタイプではない。一晩考えれば、なんとか皆を笑わせられるトークにたどり着けるかもしれないけど、瞬間的に思いつくことは苦手だ。ニールが会話の名人だったのかどうか、彼に会ったことのある人に聞いてみたいところだ。

# 憧れの七十代、井上順さん

渋谷のデパ地下の特選品売り場で唐揚げを買っていたら、列の前に並んでいた男性が、突然「おう、三谷さん、またお会いしました！」と手を挙げた。まるでアメリカ人のように大きな身ぶりで再会を喜んで下さったのは、井上順さん。僕の憧れの先輩の一人だ。「ここのはうまいらしいんだよ」とポケットから束ねたお札を取り出し唐揚げを買う姿はハリウッドスターのように格好いい。

最初にお会いしたのは、僕が大学を出たばかりの頃。知り合いの放送作家に誘われて観《み》に行ったのが「井上順クリスマスディナーショー」。歌はアメリカのポピュラーソングが中心。合間のジョークも洒落《しやれ》ていて、それはまるでラスベガスのショーのようだった。ラスベガスのショーは観たことがなかったけど、絶対にそんな感じだった。

途中でクイズコーナーがあった。問題に答えられたら、順さんが普段乗っている高級外車をその場でプレゼントという企画。「大西洋を最初に飛行機で横断したのは……」という質問に、僕を含めた数人が挙手。その中から順さんは僕を指名してくれた。

ステージに上がると、順さんは続けた。「ではもう一度問題を読みます。大西洋を最初に飛行機で横断したのはリンドバーグですが、その時に彼が乗っていた飛行機の名前は何でしょう」。客席は大爆笑。そう、すべてはジョークなのである。

簡単そうな問題につられて壇に上がったら、実は絶対答えられない難問だったというオチ。つまりここで正解したら台無し。しかし若造の僕にはそのことが分からなかった。「スピリットオブセントルイス号」と答えてしまう。リンドバーグが主人公の映画「翼よ、あれがパリの灯だ」を観ていたから、知っていたのだ。唖然《あぜん》となる順さん。そして僕は本来渡す予定のなかった車のキーを順さんから受け取ると拍手の中、席に戻った。

終演後、楽屋へ伺《うかが》った。「なんであそこで答えちゃうのよ」と順さんは僕の肩を叩《たた》き、笑いながら言った。それはテレビでよく見る笑顔。順さんは、ダンディーで格好良くて、まるでディーン・マーティンのようだった。事情を説明され、そういうわけで車をあげるわけにはいかないんだと申し訳なさそうに、順さんはポケットマネーからお小遣いをくれた。一カ月のバイト代の数倍の金額だった。なにからなにまで格好良かった。

映画「ラヂオの時間」に出ていただいた時、僕が「あの時、空気を読まずに答えてしまった者です」とご挨拶《あいさつ》したら、順さんはとてもびっくりしていた。そして「大きくなられて」と笑った。

人を幸せにするあの笑顔だった。

数年前、渋谷の本屋さんでばったり再会。僕は大河ドラマ「真田丸」を書いていて、織田有楽《おだうらく》斎《さい》のイメージが摑《つか》めなくて悩んでいた。順さんの顔を見た瞬間、ピンと来てプロデューサーに「有楽斎がいました」と伝えた。順さん演じる有楽斎はユーモラスで怖くて品があって最高だった。

井上順さん七十三歳（二〇二〇年）。あの笑顔は健在。ツイッターも最高に面白いです。粋で軽やか。あんな七十代に僕もなりたい。

# 「23階」の仲間たちに感謝

「23階の笑い」の幕が開いた。僕は演出もするけど本業は脚本家。さすがに自分が書いた作品を自画自賛することはないけど今回はニール・サイモン。気兼ねなく言わせて貰《もら》います。「23階の笑い」は良いお芝居です。

コロナ禍で、いつ公演が中止になるか分からない不安定な状況下、スタッフ、キャストが一丸となって頑張ってくれた。こんな時でも劇場に足を運んで下さる方々を、絶対にがっかりさせてなるものか、そんな気迫が常に稽古場には漲《みなぎ》っていた気がする。

お客さんはとても楽しんでくれている。普段よりリアクションが薄いようにも感じるが、それは全員マスクをしているから。座席を隔てる布製の衝立《ついたて》のせいもあるだろう。それでも客席で観《み》ていると、劇場中が笑いに包まれるのが分かる。

堀尾幸男さんの美術は、窓外に見えるエンパイアステートビルの書き割りが象徴的。リアルとアンリアルの狭間《はざま》で、ニューヨークにあるビルの23階の雰囲気を見事に再現してくれている。照明は服部基さん。朝のオフィスの寒々しさも、クリスマスの夜の暖かさも、どれもが絵画のように美しい。音響は井上正弘さん。エレベーターの到着を知らせるチャイム、窓を開けた時に聞こえてくるNYの喧噪《けんそう》。井上さんの作る音はどこまでも繊細だ。

前田文子さんの衣装は、お洒落《しやれ》なだけでなく役者をより魅力的に輝かせ、芝居を引き立ててくれる。ヘアメイクの佐藤裕子さんのおかげで、一九五〇年代に生きるアメリカ人を日本人の役者が演じても何の違和感もない。

舞台監督の瀧原寿子さん。彼女がいれば怖いものなしだ。梶原善が口に入れた原稿用紙を小手伸也さんが無理矢理手で取り出すシーン。このご時世、そのままやるのは抵抗があるとプロデューサー。ならば小道具のトングを使うのはどうかと提案したのは僕。そして寿子さんが、あたかも口の中に実際にトングを差し込んで、紙を摘出しているように見える仕掛けを考案。彼女は、知恵と経験でどんな難問も解決してくれる。

忘れてならないニール・サイモン。演出してみて気付く構成の見事さ。一瞬たりとも観客を退屈させせないその手練手管。ニールは確実に日本人の心を摑《つか》んでいる。同じ喜劇作家としてちょっと嫉妬。勉強になりました。

役者に関しては全員について書きたいけれど、ここは代表して物語の中心マックス役の小手さん。破天荒だが情に厚い愛すべき天才コメディアンをここまで完璧に演じ切れるのは日本で彼くらいではないか、と本気で思う。彼が創り上げたマックス像には、僕が実際にお会いした日本の喜劇人たちの姿が何人も重なる。

僕が演劇を志そうと真剣に思ったのは、学生の時に渋谷の西武劇場（現パルコ劇場）で観た「おかしな二人」がきっかけだ。作ニール・サイモン、演出福田陽一郎。喜劇とはこんなに面白いものなのか、と心が震えた。

「23階の笑い」を観て、喜劇を作りたいと思う人が一人でも現れたら、僕にとってサイモンへの四十年ぶりの恩返しということになる。

# この一年もいつか歴史に

とんでもない一年だった。

去年（二〇一九年）の暮れ、一体誰が東京オリンピックの延期を予期しただろうか。芝居を上演出来ない時代が来ると、誰が考えただろうか。

未曽有の状況下で僕は何をしてきたのだろう。リモート演劇の走りとなった「12人の優しい日本人」のオンラインでのリーディング。でもあれは近藤芳正さんの企画だ。緊急事態宣言後、大きな劇場としては最初に上演した「大地」。コロナ禍での「演劇」のひとつの形を示したわけだが、先駆けとなったのは単なる巡り合わせ。そしてあの公演を成立させるために一番奔走したのは、プロデューサーの毛利美咲さんだ。

積極的に行ったのは、この連載で初めて連載小説を書いたことくらい。少しでも皆さんに楽しんでもらえたらと考えた企画だった。あとは、予定されていたものを当たり前のようにやっただけ。それが僕に与えられた「役割」だと思った。多くの公演が中止を余儀なくされた中、僕は幸いなことに四本の作品を上演することが出来た。

今、自分が歴史の中に立っていることをひしひしと感じる。「戦争体験者」と同じ意味合いで、僕らは「コロナ禍体験者」となった。

数十年後、もしこの時代がドラマ化されたら、考証の先生たちは、「この時期マスクを付けている人はまだ半分くらいだったはずです」みたいなことを言うのだろうか。小道具で作られたアクリル板の衝立《ついたて》に対して「会議用に使われていたものは、もう少しサイズが大きかった」などと注文をつけるのだろうか。

そしてオンエアされた作品を観《み》て、既に数少なくなった「コロナ禍体験者」たちは「ステイホーム」といっても、あんなに悲壮な雰囲気はなかった。大変だったけど、むしろそれを楽しんでいる雰囲気もあった」などと振り返ったりするのだろうか。

未来の人たちは、この悪夢のような日々がいつまで続くのかを知っている。でも僕らはこの先どうなるか、まったく見当がつかない。だから余計に不安は募るのだ。

でもいつの時代でもそうだった。幕末だって戦国時代だって、当時を生きていた人たちは同じ思いだったはず。織田信長も明智光秀も、戦乱の世がいつまで続くか、まったく分からずに日々を生きていた。徳川家康は江戸時代が二百五十年以上続くとは思いもしなかったろう。そして幕末の志士たちは、高杉晋作も西郷吉之助も近藤勇も、幕府がああも簡単になくなるとは考えていなかったはずなのだ。

僕らは歴史小説を、歴史ドラマを、結果を知った上で読んだり観たりしている。だからそのことを忘れがちだ。

今、平安時代末期から鎌倉時代初期に至る長い長いドラマを書いている。源頼朝も源義経も北条政子も義時も、自分たちの未来を知らずに生きている。そのことを改めて肝に銘じる。コロナ禍でなかったら、ここまで思うこともなかったかもしれない。今までにないリアルな歴史ドラマが誕生するとしたら、その時僕はコロナに一矢《いっし》報いてやったことになるのかな。

来年は良い年でありますように！

# ポケモン対戦、連敗中です

年末年始は家族でゲーム三昧《ざんまい》。たまたまおもちゃ売り場で見つけた「はぁって言うゲーム」。お題が書かれたカードを見て、その指示に従って台詞《せりふ》を言ったり表情を作ったりする。「はぁ」なら、驚きの「はぁ」であったり怒りの「はぁ」であったり。それを皆で、なんの「はぁ」であるかを当てる。八十四歳の母と六歳の息子が「はあ？」「はあ！」と言い合っている光景は実に楽しい。生まれてから六年しか経っていない息子が、「上司に怒られた夢を見ている時の寝顔」を、必死に演じている姿は、愛《いとお》しいにもほどがある。

そして「ポケカ」。いわゆるポケモンカードゲーム。息子にルールを教えてもらった。そここそ人生経験を積んでいる僕でも、こんなに複雑なカードゲームに出会ったことがない。

長年にわたって子供たちの心を摑《つか》んで離さないポケモンだが、さすがに僕の世代にとっては未知の世界。ポケモンとピカチュウの関係性についてすら知らなかった。そんな僕がゲームをやるためには、まずその世界観から勉強する必要があった。

詳しい説明は割愛するが、とにかくポケモンとはポケットモンスターのことである（ピカチュウはその一種）。そしてポケカとは、ポケモンの絵と特性が書かれたカードを使って、相手とバトルをするゲームである。

ものすごく簡単に説明すると、まずプレーヤーは六十枚のカードを選ぶ。どこから選ぶかというと、いつの間にか息子が集めていた千枚近いカードコレクションの中から選ぶ。ここがミソで、どうせならＨＰと呼ばれる体力数値の高い奴《やつ》を六十匹選びたいところなのだが、彼らが戦うためにはエネルギーカードというものが必要なのである。そしてＨＰの高い奴ほどエネルギーカードを多く消耗するのだ。この辺がとても上手《うま》く出来ている。

さらに彼らの活躍をサポートするカードもあり（傷を治したり、エネルギーを補給したり）、だから六十枚のカード（デッキといいます）をどういう配分で選ぶかが勝負となってくる。

それぞれが自分のデッキから選んだカードをバトルフィールドに置き、戦闘能力を競い合う形で勝負する。基本は昔懐かしいメンコみたいな感じ。強さがカードに書かれた数値に置き換えられている。そこから先は説明が難しいのでやめておきます。あまりの難解さに戸惑っている間に、息子の情け容赦ない攻撃を受け、いつの間にか負けているパターンが続いている。

息子はこのところ、ポケモンワールドの虜《とりこ》。カードゲームにはまり、アニメにはまり、暇さえあれば近所の子供たちと、空想のポケモンを捕まえるポケモンごっこに興じている。ポケモン情報満載のテレビ番組「ポケモンの家《うち》あつまる?」に出てくるヒャダインさんは、息子にとって憧れの人。僕が以前タモリさんの番組で彼と共演した映像を見せると、「パパは凄《すご》い人だったんだね」とかなり株が上がった。ありがとうヒャダインさん。

ポケモンカードゲーム。息子との対戦成績は、十九戦十七敗。現在十連敗中である。

# 「大脱走」にひかれる理由

新年といえば「大脱走」である。この映画については何度も書いてきた。ベストワンとまでは言わないにしても、僕の人生を変えた一本であることには違いない。プロフェッショナルたちがそれぞれの力を出し合って、一つの目的に向かって突き進む。総合芸術としての「脱走」。集団活動の楽しさをこの映画で知り、僕は演劇の世界に入った。

昔はどういうわけか、年末になると必ずこの映画がテレビで放送された。オールスターキャストの群像劇だし、どこか祝祭劇の雰囲気があるからか。だから今も僕は年の変わり目には、年中行事の一つとして「大脱走」を観《み》るようにしている。

今年（二〇二一年）は六歳の息子も一緒。僕が観ているのを覗《のぞ》き見したことはあったが、全編通して観るのは初めて。当然のようにはまり、いよいよ脱走となった時はソファから立ち上がり、「映画ってなんでこんなにハラハラするんだ！」と叫んでいた。

映画史に残る名作「大脱走」。前にも書いたが、決してここには練り上げられた脚本があるわけではない。伏線もなく、どちらかというと淡々と話が進んでいく。捕虜たちの人間関係が複雑に絡み合うこともない。本来なら決して盛り上がるはずもないこの構成で、なぜここまでワクワクするのか。

捕虜たちは集団行動をとりながら、必要以上に他者と交わらない。仲はいい。嫌われ者もいない。映画を面白くする密告者もいない。皆さん、極めて個人主義。でもだから余計に脱走当夜、トンネルの入り口周辺に集結する彼らの姿は格好いい。余計な軽口を叩《たた》く者など一人も存在しない。まるで一匹おおかみしか入れないクラブの集会を見ているような気分になる。

もう一つ、面白さの理由に省略の妙がある。

例えばヒルツ（スティーヴ・マックイーン）とアイブス（アンガス・レニー）が極めて斬新な方法で脱走を試みるエピソード。ヒルツが計画を人に打ち明けるシーンが終わると、いきなり失敗して独房に放り込まれる。逃げる様子も失敗する過程も全く描かれない。この方がテンポも出るし、なにより笑える。ただ、映画を観ることに慣れていない息子には理解出来なかったようで、「何があったの」としきりに僕に尋ねていた。

こういった省略は北野武さんの映画によく見られる。そして北野映画と「大脱走」に共通しているのは、きちんとした台本がないこと。メイキングで知ったのだが、「大脱走」はクランクインの段階でまとまったシナリオがなかった。原作（ノンフィクション）を基に、撮りながら物語を組み立てていったらしい。

ひょっとしたら、行き当たりばったりで撮影して、編集でいらないところを落としていったのかもしれない。台本がなかったから複雑な設定が作れず、捕虜たちがつるむシーンが少ないのもそのせいか。でもそのおかげで、脚本家の能力を超えた、この映画でしか味わえない格別の面白さが生まれた。

つまり僕には逆立ちしても作れない映画なのだ。僕がここまで惹《ひ》かれる理由はそこにあるのかも。

# 「山河燃ゆ」は大傑作です

来年（二〇二二年）の大河ドラマ「鎌倉殿の13人」のホンを書いている。つくづく感じる歴史ドラマの難しさ。歴史を扱ってはいるが、大河ドラマはまずドラマでなければならない。今や、一年間続く唯一の連ドラなのだ。歴史の再現で良いのなら、年表を見ながら実際に起こったことを起こった順に書けばいい。しかし脚本家としては、ドラマとしての面白さも大事にしたい。

参考に一九八四年の大河ドラマ「山河燃ゆ《さんがもゆ》」を観《み》ている。原作は山崎豊子さん。メイン脚本は市川森一さん。近代大河シリーズの一本目で、日系二世の天羽賢治《あもうけんじ》という架空の人物を主人公に、二・二六事件から東京裁判までの昭和史を描く。

同じ市川さん脚本の「黄金の日日」は僕が最もはまった大河。高校生だった僕は、その年を主人公の呂宋《ルソン》助左衛門と共に生きた。

「山河燃ゆ」の頃は駆け出しの放送作家として忙しい日々を送っていたために、オンエアはほとんどリアルタイムで観ていなかった。第一回の時、東京裁判から始まって主人公の回想へ続く構成に、「丸一年、回想シーンで行くのか。市川さん、チャレンジャーだな」と思ったのを覚えている。

真珠湾攻撃を描く第十七回まで観た。実はこの「山河燃ゆ」、歴代大河ドラマの中で、人気ベストテンに名前が挙がることはまずない。信長や秀吉や内蔵助や龍馬といった歴史上の有名人が出てこないので、印象が地味なのだ。

しかし、はっきり断言するが、大傑作です。まだ最終回まで半分以上残っているが、この先がめっちゃくちゃつまらなかったとしても、お釣りがくるくらい素晴らしい。実在の人物は開戦時の外相東郷茂徳《とうごうしげのり》他数人しか出てこないが、これは紛れもない歴史ドラマ。ここで描かれる昭和史には、決して年表を読むだけでは伝わらない、当時を生きた人々の息吹が感じられる。

前半戦のワクワクとドキドキと感動に満ちた見事なストーリー展開は、実は原作にはない。市川さんの創作である。ドラマと歴史が見事に絡み合って、全く無理がない。何より全ての登場人物が魅力的。最初は台詞《せりふ》もなくほんの脇役に過ぎなかった特高警察の荒木（若き日の柴田恭兵さん）さえ、どんどん人間味溢《あふ》れるキャラクターに成長していく。これこそ連続ドラマの醍醐《だいご》味《み》だ。

主演は市川大河では「黄金の日日」に続く松本幸四郎（現在の白鸚《はくおう》）さん。そして脇を固める市川ドラマの顔というべき役者たち、西田敏行さん、川谷拓三《かわたにたくぞう》さん、泉ピン子さん。さらに「犬神家の一族」から僕の青春のアイドルだった島田陽子さん、妖しい魅力を振りまく沢田研二さん。

そして何より大原麗子さん。こんなに綺麗《きれい》で芝居も上手《うま》い方だとは知りませんでした。彼女が演じる典子と主人公賢治は共に好意を持っているのになかなか結ばれない。その物理的かつ心理的なすれ違いに、毎回「なんで告白しないんだよおおお」と画面の前で僕は何度悶《もだ》え苦しんだことか。

それにしても大原麗子さんと島田陽子さんに愛され、多岐川裕美さんと結ばれる主人公って、どれだけモテモテなんですか、白鸚さん！

# 僕の「すべらない話」は

「人志松本のすべらない話」に呼ばれた。

この番組はひたすら出演者が「笑える体験談」を語り合う。それだけに芸人さんたちの底力が試される。なぜ僕が呼ばれたかはよく分からないが、彼らに交ざって僕がいたらきっと面白いことになると、スタッフの誰かが思いついたのだろう。僕は、その人の思いつきに心を動かされて出演を決めた。

僕は喜劇の脚本家ではあるけど、本人はさほど面白い人間ではないし、喋《しゃべ》りの技術も持っていない。たまに出演するバラエティーを見ていれば一目瞭然。にもかかわらず、松本人志さんをはじめとする第一線の芸人さんの中に僕がいる光景を誰かが想像し、ワクワクしたわけで、となればその突拍子もないアイデアに乗らないわけにはいかない。

出るからには最善を尽くす。喋りのテクニックは他の出演者に絶対的に劣る。そこでネタのチヨイスとテーマに賭けた。「生と死」について二題。テレビではタブーに近い話をあえて選んだ。今さら僕が芸能界裏話を語っても面白くない。多少物議を醸すくらいでないと出る意味がない。大事なのはできるだけ簡潔に語ること。視聴者は、芸人さんたちの話が聞きたいのだ。僕ごときで時間を取ってはいけない。話術があるなら別だが、そうではないのだから、僕はインパクトある話をスピーディーに語るべきだろう。オチなんかいらない。大切なのは構成と描写。脚本家にしか語れない話を組み立てる。

本番を終えて感じたこと。もちろん緊張はしたが、お笑いのプロたちの前で語ってみて分かったのは、実はあの場はとても話しやすい空間だったということだ。

まず複数のカメラが演者が意識しないで済む場所に配置されていた。おかげで僕にはテレビ番組に出ているという意識がほとんどなかった。テーブルの大きさもおそらく計算されたものだ。大勢の芸人さんがあの場にはいたが、僕の目に入ってくるのはテーブルの向かい側の松本さん、千原ジュニアさん、小籔千豊《こやぶかずとよ》さんくらい。全員と向かい合う形だったら、もっとガチガチになっていたことだろう。

そして出演者の方々のリアクション。皆さん、とても優しい雰囲気で僕の話に聴き入ってくれた。誰が一番面白い話をするかより、どうすれば番組が一番面白くなるかを優先する、笑いのプロフェッショナルたち。僕が話しやすいように、彼らは絶妙なタイミングで相槌《あいづち》を打ち、僕の言葉を受けて、さらに話を広げ場を盛り上げていく。強面《こわもて》のイメージだったジュニアさんや小籔さんが、楽しそうに僕の話を聞いてくれている姿を見るだけで、僕は心が躍った。

既にオンエアされたので、ご覧になった方もいらっしゃることでしょう。「すべらない話」の世界に迷い込んだ僕がどんなことになったかは、ここでは省略します。

オンエア後、浅丘ルリ子さんから電話を頂いた。ルリ子さんは、僕が最初に語ったエピソードが一番好きらしい。あんなに笑える話はない、とおっしゃっていました。どんな話か知りたい人は、番組を観《み》た方に聞いてみてください。

# 最後のチャンス逃さない

昨年（二〇二〇年）末の人間ドックでまた脂肪肝を指摘された。この十数年、ずっと脂肪肝。お酒も飲まないのに。とにかく体重を減らすようにと言われる。最低、あと四キロ。

一念発起しジムに通い始める。ずいぶん前からお世話になっているのだが、こんなに頻繁に通うのは久々。二十年近く前から僕の身体をケア、僕の体調のことを僕以上に分かっている、今やジムの社長池澤智《とも》さんの言葉。「肉体改造をするこれが人生最後のチャンスだと思ってください、三谷さん」

そこまで追い詰められていたとは。新しく僕についてくれたトレーナーは亀田千尋さん。海外留学でスポーツ科学を学んだ筋金入りのアスリートだ。物腰は柔らかく、言葉遣いも丁寧。しかし決して甘えを許さない。人間この歳《とし》になると、仕事でもプライベートでも、叱られることが少なくなる。知らず知らずのうちに、周囲から甘やかされ怠惰な毎日を送っていた僕に、彼女は我慢するということの大切さを気付かせてくれた。

といってもそれほどハードなトレーニングをやっているわけではありません。これを書くにあたって、彼女がどういった方針で僕をサポートしているか聞いてみる。

「一つ目の目標は、右肩の可動性を広げて安定性を上げることです」。実は一年ちょっと前、映画の宣伝でテレビのバラエティー番組に出た時に右肩を痛めた。以来右手がうまく上がらなくなった。日常生活ではほとんど支障がなく、ネクタイを締める時に襟元を直したり、棚の高いところに仕舞ってある卓上ガスレンジを取る時に、多少の痛みを感じるくらい。それも左手を使えば済んだ。万歳だけは難しかったが、幸い万歳する機会もなかったから放っておいた。だが右腕を使わなくなったことで肩の筋肉がすっかり落ちてしまったようだ。

「そのために全身のストレッチから、右肩の安定性を強化するためにインナーエクササイズを採り入れた種目を行ってます」

見るからにハードそうなマシンで、「どおりゃあああああ」と叫びながら頑張っている皆さんを横目に、黄色いゴム紐《ひも》を地味に引っ張っている己の姿には悲しいものがあるが、そんなことは言ってられない。おかげでこのところ肩の調子はだいぶいい。早く万歳ができる状況がやってきますように。

「そしてもう一つの目標が、お医者様よりアドバイスされている四キロの減量です。基礎代謝を上げ、痩せやすい身体を作るための全身ウェートトレーニング。ただし、痩せるためのポイントは九割が食事なので、最終的には三谷さんの食生活に委ねられています」

例えば、引っ張っても引っ張っても上から降りてくるロープ。それを三十メートル引きおろす。掛ける二回。次に同じ長さだけ引き上げる。生産性からは程遠い単純作業だが、これが効く。ジムの帰りはいつも三キロほど軽くなったような気分。無理はしたくないので、少しずつ自分のペースで体重を落とす。目標までちょうどあと半分といったところだ。

「人生最後のチャンス」、決して逃しません！

# 父と子の「ないたあかおに」

最近、ユーチューブにはまっている息子（六歳）。ポケモン関連のチャンネルをしらみ潰しに当たって、研究に余念がない。

息子の趣味には口を出さない主義だが、たまには本を読んで感動の涙を流している姿も見たい。本屋さんでちょうどいいのを見つけました。適度な長さ、絵が多く、そして何より僕自身が子供の頃に読んで涙を流した感動作。ご存知《ぞんじ》、「ないたあかおに」。作者は童話作家の浜田廣介さん。

改めて簡単に内容を紹介します。人間と仲良くなりたい赤鬼。彼のために一肌脱いでやる青鬼。自分が悪者になって、村人の前で赤鬼にわざと懲らしめられる青鬼。それをきっかけに赤鬼は人々から感謝されるようになる。しかし、すっかり悪者のイメージがついた青鬼は、追われるように住み慣れた山を去っていく。自分を犠牲にして赤鬼に尽くす青鬼の無償の愛の物語。

まず自分で読み返してみた。五十数年ぶりの鬼たちとの再会。あの時の感動をまた味わうことができるのか。それとも、まるで心を動かされない擦れた大人になっているのか。

結論から言うと、あの頃のように号泣はしなかった。ラストの青鬼の置き手紙にちょっと心が動いたが、物語を作る側の人間になってしまったゆえか、余計なことばかり考えてしまう。（この青鬼はどうしてここまで赤鬼のために尽くすのか、二人の間に何があったのか、そこが知りたい）とか（結末は、もっと青鬼がひどい目にあった方が、泣けたんじゃないか）とか。全て擦れた大人の発想だ。

さて、息子はどんな反応を示すのか。彼はまだ長尺の物語を自分で読んだことがないので、父が読み聞かせる。浜田さんの文章力のおかげで、彼はすぐに物語に引き込まれた。身動きせずに集中して聞いていた彼だが青鬼が姿を消したあたりで、もぞもぞし始めた。（そろそろ泣くか）と予想通りの展開にほくそ笑みつつ、最後のページまで読み切って、息子を見た。涙でぐじゃぐじゃになっている姿を想像したら、やけにしらっとしている。

「どうだった？」と聞く。感動はしたらしい。感想を求めると、「最初は赤鬼が村人から嫌われていて悲しかったけど、途中、青鬼が頑張って、そこは楽しくて、でもそのせいで青鬼がいなくなったんで、また悲しくなり、最後の手紙でホッとした」。

ちょっと待て。最後の手紙でホッとしたとはどういうことだ。一番の泣き所ではないか。どれだけ赤鬼のことを愛していたか、青鬼の気持ちが切々と語られるその手紙に、なぜ息子はホッとするのか。

「僕も最初は青鬼にもう二度と会えないのかと思って、泣きそうになったよ。でも手紙を読んで安心したんだよ。だって、青鬼はまた帰ってくるんでしょ」「どうしてこの手紙を読んで、また帰ってくると思ったの？」「だって書いてあるじゃない。『しばらく、きみとおわかれ』って。しばらくということは、ずっとじゃないってことだよ。大丈夫、青鬼は必ず帰ってくる」

息子はいつも父の半歩先を行っている。

# 次の勝呂は「死との約束」

アガサ・クリスティーのミステリーを、日本を舞台に翻案。名探偵エルキュール・ポアロを勝《す》呂《ぐろ》武尊《たける》に置き換えたドラマシリーズの第三弾がまもなく放送される。

このシリーズ、クリスティー財団の評判も良くて、とてもありがたいことだ。僕自身がクリスティーのファンなので、クリスマスに彼女のお孫さんからカードが送られてくると、脚本家をやっていて良かったとつくづく思う。

今回の原作は「死との約束」。第一作が「オリエント急行殺人事件」、二作目が「黒井戸殺し」（原作は「アクロイド殺し」）と、作者の代表作が続いたので、次は名作「ABC殺人事件」か、再映画化で話題の「ナイルに死す」を期待された方もいらっしゃるかもしれない。「死との約束」はクリスティーの中ではかなり地味な作品。でもこれが傑作なのだ。ミステリーであると同時に物語として優れている。霜月蒼《あおい》さんがクリスティーの全作品を評論した「アガサ・クリスティー完全攻略」では星五つ。ポアロ物のベスト5に入っています。

なかなか殺人が起こらないのがまず素晴らしい。全体の半分手前のところまで誰も死なない。しかも被害者は一人だけ。たった一度の殺人でこれだけの長編をもたせるクリスティーの凄《すご》さ。ストーリーテリングの妙技をたっぷり味わうことが出来る。その上で後半の謎解きの面白さ。論理の味わい。その先の意外な犯人。全てが完璧。一ページ目の最初の行に出てくるのは「いいかい、彼女を殺してしまわなきゃいけないんだよ」という台詞《せりふ》。まさに摑《つか》みはＯＫだ。

「死との約束」は「ナイルに死す」に続く中近東シリーズの第二作である。専制君主のように家族を操る母親。虐げられながらも、母親の監視下から逃げ出すことが出来ない子供たち。そんないびつな一家が旅行中に遭遇する殺人事件。この母親が強烈なキャラクターで、「リトル・マーメイド」のアースラと「１０１匹わんちゃん」のクルエラと「眠れる森の美女」のマレフィセントを足して三で割らないいくらい恐ろしい。多分読者のほとんどは、読みながら（早くこの人殺されないかな）と思うはず。その願いが叶《かな》うかどうかはここでは書かないけど、クリスティーの作品の中でも、ここまで嫌われ者のキャラはいないのではないか。

ドラマ版は、これまでと同様、設定を日本に変える以外は極力原作に近づけるよう努めた。勝手に被害者を増やしたり、事件を派手にしたりしてはクリスティーに対する冒瀆《ぼうとく》のような気がする。今回も脚色するにあたって原作を読み込み、どれだけ作者が繊細に物語を紡いでいるか、目の当たりにした。こんなに完成されているものを、変にいじくるべきでは決してない。

ただし、ある登場人物の設定を少し変えさせてもらった。多くは語れないけど、これはドラマ化の上ではどうしても必要なこと。こうしなければ視聴者がすぐに誰が犯人か分かってしまう。そのためのミスリード。原作ファンの皆さん、どうかご理解のほどを。なんのこっちゃとお思いの方は、まず原作を読んでからドラマを観《み》てみて下さい。

# 「勝呂」と二人の大女優

アガサ・クリスティー原作、僕の脚本でお送りするドラマシリーズの第三弾「死との約束」。主人公はエルキュール・ポアロならぬ名探偵勝呂《すぐろ》武尊《たける》。演じるのは野村萬斎《のむらまんさい》さん。三本目ともなると板についてきて、完全に役を自分のものにしている。

この風変わりな探偵は、自分のことをたまに「勝呂」と呼ぶ。「勝呂にお任せあれ」とか。原作のポアロがよく「ポアロは騙《だま》されませんよ」みたいな言い方をするので、それの置き換えであるが、日本で一人称が姓という人はほとんどいない。思いつくのは、「矢沢は」の矢沢永吉さんくらい。小泉今日子さんも「小泉は」と言いそうな気がするけど、自信がない。しかし萬斎さんが「勝呂の勘は冴《さ》え渡ってます」と言っても、全く違和感がないから不思議。実に稀有《けう》な存在の俳優さんだ。灰色の脳細胞を持つベルギー人探偵の日本版を演じられるのは、彼以外にはいない。

今回もクライマックスの謎解きシーンは圧巻である。

事件の中心となる本堂夫人を演じる松坂慶子さん。僕の世代にとってはマドンナ的存在だ。大河ドラマ「国盗《くにと》り物語」の濃姫も、ドラマ版「青春の門」のカオルも、映画「事件」の被害者も美しさの極致。今でいえば、綾瀬はるかさんと長澤まさみさんを足して、思い切り色っぽくした感じか。エラリー・クイーンの「災厄の町」を基にした映画「配達されない三通の手紙」にも出てらっしゃったので、クイーンとクリスティーという二大ミステリー作家の映像作品の両方を制した、日本で唯一の女優さんではないか。

「死との約束」の舞台は熊野古道、家族旅行中の本堂夫人とその子供たちの物語だ。休暇中の勝呂はたまたま事件に遭遇してしまうのだが、その勝呂が旅先で出会うのが、自伝の執筆で熊野古道を訪れていた上杉穂波衆院議員。演じるのは鈴木京香さんだ。

彼女と勝呂は古い友人で、かつて二人は互いにほのかな恋心を抱いていた設定。まさに運命の再会。二人は決して本心を打ち明けることはないけど、まるで若者のようにじゃれ合い、冗談でごまかしながらも、互いの心中を確かめ合う。それが大人の恋なのか、むしろ子供じみているのかはよく分からないけど、今回はそんな勝呂武尊の「恋」模様も描かれる。普段、女優さんと絡むことが少ない狂言師野村萬斎さん、相当嬉《うれ》しかったのではないでしょうか。

久しぶりに僕の作品に出てくれた京香さん。最初に組んだのは「王様のレストラン」。二十六年前（一九九五年）である。

今やトップ女優の一人になった彼女。今回も、仕事をしているシーンは一つもないのに、どこから見ても政治家の風情。それでいて現場で見せる天真爛漫《らんまん》な笑顔は昔と変わらない。かつて「ラヂオの時間」の撮影初日に、スタッフの前で「鈴木京香と申します。キョンティと呼んで下さい！」と挨拶《あいさつ》して、周囲を混乱させたあの頃と全く同じだ。

いつか京香さんには横溝正史の「悪魔の手毬唄《てまりうた》」をぜひやって貰《もら》いたい。役はもちろん、映画版で岸恵子さんが演じた青池リカである。

# 大事にした論理的謎解き

ドラマ「死との約束」がオンエアされた。被害者はたった一人。しかも始まってから一時間経たないと事件が起きない。テンポの速いドラマに慣れている視聴者の中には、展開がスローに感じられた人がいたかもしれない。

でもだからと言って原作にない「第二の事件」を起こしたり、原作では死なない登場人物に死んでもらったりはしたくなかった。クリスティーの作品は、事件が起きなくても十分面白いことを証明したかった。

執筆時、参考に内外の映像ミステリーを山ほど観《み》た。ほとんどの作品が、「論理的に謎を解く」ことをなおざりにしているのを目の当たりにして、改めて驚く。

名探偵が犯人に向かって「○○さんを殺したのはあなたですね」と言う。犯人が認めるわけはなく、「私に○○は殺せない。なぜなら私にはアリバイがあるんですよ」と、犯人でない人なら絶対に言わないことを口にする。「しかし私はそのアリバイを崩しました」と名探偵。そして、トリックを使えば彼にも被害者を殺すことが出来ると証明。犯人は「よく見抜きましたね。さすがは名探偵」とあっさり犯行を自供。大団円。大体はそんな感じだ。

犯行シーンが映像で再現されるので、一見説得力があるように思えるけど、実はこれでは名探偵は何も証明したことにはならない。アリバイが崩されたとしても、犯行が行われた時刻にアリバイがない人など、本気で探せば日本中に何万人といるだろう。

名探偵がやらなければならないのは、その人物が犯行を犯したという確実な証拠の提示であり、彼（または彼女）以外の人物が犯人では絶対にあり得ないことを論理的に証明すること。ミステリー小説の世界では当たり前になっているそのことが、映像では結構ないがしろにされる。

クリスティーがすごいのは、まさにその謎解きの部分。クリスティーよりももっと論理性を重んじる作家は沢山《たくさん》いるけど、謎解きをドラマのクライマックスとして見た時、やはり彼女のストーリーテリングは群を抜いている。劇作家としても名作を残したクリスティーの面目躍如といったところだ。

名探偵の導きで、真実が少しずつ見えていく時のワクワク感は、彼女の独壇場だ。「死との約束」のクライマックスも、ポアロが次々に容疑者たちの嘘《うそ》を見破っていくプロセスがたまらなくスリリング。ドラマ版でもなんとかそれを再現したかった。さて、どうだったろうか。

映像の場合、キャスティングで犯人が分かってしまうという問題点がある。でも大スターが登場した瞬間にまだ事件も起きていないのに「犯人だ」と見抜いたとしても、そしてその直感は大体当たっているものなのだけど、だからと言ってそれは「推理」とは言えない。芸能界豆知識だ。

大事なのは、演じている俳優が大スターであることを知らない名探偵が、それにもかかわらずなぜ犯人だと見抜いたのか。そこに行き着くまでのプロセスなのだ。そこを面白がれるかが、この勝呂シリーズを楽しめるかどうかの境目のような気がする。

# 愛しき二つの「ムーミン」

僕が少年時代に好きだったものに、息子は確実にはまっていく。就寝前の読み聞かせ。「ドリトル先生」シリーズに続いて最近は「ムーミン」である。

僕らの世代でムーミンといえば、やはり一九六九年から制作されたテレビアニメだろう。「ねえムーミン、こっちむいて」で始まるテーマソングは大抵の人が口ずさめるはずだ。ムーミンを取り巻くスニフ、ミイ、ヘムレンさん、スノークといった極めて個性的な仲間たち、そこが八歳にして既に群像劇が好きだった僕の琴線に触れた。中でもお気に入りが、スナフキン。冷静で賢くて思慮深い。僕が人生で知った、最初の「理想の大人」がスナフキンだったのかもしれない（もちろん息子も大ファン）。

ムーミンの声は岸田今日子さん。他にも高木均《ひとし》さん（ムーミンパパ）、西本裕行さんら劇団雲の俳優さんが声を当てており、だからだろうか、他のアニメとはなんとなく違った雰囲気が漂っているのを幼心に感じていた。

小学校高学年になって、原作を読んだ時、アニメと全くイメージが違っているのに驚いた。やけにスカッとしない内容だった。決して難しいわけではないのだが、ところどころに理解不能の箇所がある。キャラクター自体はそう変わっていないし、ムーミンは岸田さんの声で読んでも何も問題ない。だけど何かが違う。カンガルーのイメージだったスニフが実はとっても小さな生物だったことにも、スナフキンが演奏しているのがギターではなくハーモニカだったことにもびっくり。正直に言えば、アニメ版の方が小学生の僕には好みだった。

久々に原作に接してみて、子供の時に抱いた違和感の理由が分かった気がした。ここにはアニメ版の日の光に照らされた、ほのぼのと明るい世界はない。そこに広がるのはフィンランドの寒々とした光景。ムーミン谷の住人たちは誰もが欠点を持ち、多くの悩みを抱えて生きている。そこに彗星《すいせい》の襲来や洪水といった天災が降りかかり、ますます彼らを憂鬱《ゆううつ》にさせる。原作「ムーミン」は想像以上に大人の世界の話だった。

もちろんほのぼのとはしているし、ユーモアもあって口当たりはいいのだけど、その裏に秘められた知的でいじわるでそして弱者に向ける温かい作者の視線は、あの頃の僕には分からなかった。毎晩ムーミンの世界に浸る息子はどうなのだろう。

その後も「ムーミン」は何度も映像化されてきた。フィンランドで制作されたパペット版（松たか子さんと段田安則さんが全登場人物を吹き替える）は、その寒々とした雰囲気が、原作のイメージに最も近い気がする。

それでもやっぱり僕にとってのムーミンは、あの一九六九年版のアニメだ。原作者のトーベ・ヤンソンは、残念なことにあの作品がお気に召さなかったらしい。それも分かるような気がする。全くの別物。そして僕はそのどちらも愛《いとお》しい。

それにしても、あの正体不明のニョロニョロが種から育つこと、そして、小さくておしゃべりなミイが、スナフキンと異父姉弟だったこと。皆さん、知ってました？

# 平成になったの最近では

仕事で出会った二十代のスタッフと話していると、たまに「三谷さん、私のお父さんと同い年なんですよ」と言われる。こっちは間もなく六十を迎えるわけで、考えてみれば当たり前。でも、僕にしてみればかなりの衝撃だ。

以前にも書いたが、大学時代から劇団をやりテレビの仕事もしていた。今と全く変わらない生活環境にいた僕にとっては、長い長い大学四年を過ごしているような感覚で、見た目はともかく精神的にはいまだに二十二歳なのだ。どの面下げてと言われそうだが、そうなのだ。だから松岡茉優さんにしろ広瀬アリスさんにしろ、若い女優さんと接する時、弟分のような気分になってしまう。向こうがどう思っているかは知らない。

そう言いつつ、二十代の人たちを目の当たりにすれば、やはり自分とは違うなと理解は出来る。冷静になれば分かるのです。さすがに弟分には無理がある。彼らが生まれた時、僕はもう社会人だったのだ。信じられないのは、時の移り変わりの早さ。昭和から平成になったのはつい最近ではないか。いつの間にこんなに時が経ってしまったのか。

これまでに、いや応なしに年齢を感じさせる事実を何度も突きつけられてきた。「高校球児が歳下《としした》」「横綱が歳下」「引退した野球選手が歳下」というショッキングな現実。やがて訪れる「総理大臣が歳下」の恐怖に僕は耐えられるのか。ちなみにバラク・オバマ氏は僕と同い歳。「アメリカ大統領が歳下」というのはかろうじてまだ実現していない。

体力的なことや脳の退化とは関係のないところで、自分の老いを実感する瞬間がある。例えば、電車に乗った時。若者に席を譲られたことはまだないが、僕の方が座っていて、そこに僕より遥《はる》かに年を取ったご老人が乗ってきた場合。長年にわたって僕は「ここは立つべきか否か」の選択に悩んできた。

もちろん立つ気はあるのだが、元来の自意識過剰から、（あいつ、善人ぶりやがって）などと周囲に思われるのが嫌で、あと一秒か二秒待って、それでも他に立つ人がいなければその時はと、タイミングを見計らっていると、老人は空いている席を見つけて座ってしまう。それが通常のパターンであった。

しかし、実は悩む必要などなかったのだ。そんな年齢はとうに超えてしまっていた。確実に座席には僕よりも若い乗客が座っているはず。立つなら彼が立つべき。いくらご老人が目の前に現れても、僕は堂々と座っていていいのだ。なぜなら、僕自身が老人の一歩手前なのだから。このことに気付いた時、玉手箱を開けたように、一気に老け込んだ気がした。

そういえば八十五になる母が、通っている病院の先生のことを僕に話す時、「あんたよりだいぶ歳上だったよ、多分五十は過ぎている」と言っていた。僕が青年であり続けるのは、もはや彼女の頭の中だけなのだろう。

いつの日か、それも遠い将来ではないいつか、若いスタッフにこう言われる時が必ずやって来る。それが、今は非常に怖い。

「三谷さん、死んだおじいちゃんと同い年なんですよ」

# 「彼女」の演技を考えた

あるテレビ番組のウェブ用CMが、女性蔑視との批判を受けて、早々に削除された。

若い女性がカメラに向かって一人で語る構成。その内容が「ジェンダー平等」に逆行する印象を見る人に与えてしまったのだ。問題は内容にあったわけだが、撮影現場のことを思うと、演じた女優さんが気の毒で仕方がない。

知らない女優さんだった。ネットで名前を調べてみたが情報はない。新人なのだろう。局の看板番組のCMに抜擢《ばってき》され、彼女は全身全霊を懸けて頑張った。その結果がこれでは、あまりにかわいそうだ。

芝居が自然なので忘れてしまいがちだが、彼女は誰かに向かって喋《しゃべ》っているのではない。視線の先にあったのはカメラだ。人間ではないものに対して喋り続ける難しさ。撮影時、そのカメラの後ろにはモニターを見つめる大勢のスタッフがいる。そんな張り詰めた空間で、まるで自宅のリビングで親しい相手に語りかけるような演技は、想像以上に難易度が高い。

ひょっとしたら彼女はリモートをやっていて、パソコンに向かって喋っている設定なのかもしれない。それでもその先には相手がいるわけで、例えば繋《つな》がっていないパソコンに向かって一人で喋り続けてみてほしい。どれだけ彼女が難しい芝居をしていたか、実感できるはずだ。

しかも彼女はアドリブで自由に喋っているわけではない。無駄のない台詞《せりふ》は、明らかに作家が書いたもの。つまり台本があったのだ。そもそも演者に自由に喋らせるCMなど滅多にない。

彼女は矢継ぎ早に繰り出される長台詞を覚えた。あれだけの分量を淀《よど》みなく、まるで今思いついたかのように喋るには、頭に叩き込むまで相当の期間が必要だ。おそらく一月《ひとつき》は掛かったのではないか。若い女優さんだからもう少し短かったかもしれないけど、それでも一日二日でどうにかなるものではない。とてつもない努力の結晶。

CMには時間的な制限もある。今回は三十秒。途中、何カ所か編集で摘んであったから、実際はもう少し喋っていたかも。だとしても芝居は途切れていなかったので、カットされたのは秒単位だろう。自由なテンポで台詞を言うのではなく、前もって決められた長さに合わせなくてはならないプレッシャーたるや、想像を絶する。彼女は何十回、何百回と自主稽古を重ねたはずだ。そうでなければあの芝居は生まれない。

画《え》のサイズが何度か変わっていたから、画角を変えて数回撮ったのだろうか。編集作業で加工したのかもしれないけど、そもそも一発OKということはあり得ない。音響や照明スタッフの都合もある。念のために数回撮るのが現場の常だ。つまり彼女はあの芝居をカメラの前で数回繰り返した。編集で繋ぐことを考えて、寸分違わず同じリズム、同じテンションで。どれだけ緊張しただろうか。しかし彼女はそれをやり遂げた。

ＣＭは終わってしまったけど、僕らはあの女優さんの演技をまたどこかで目にするような気がする。それも近い将来。

楽しみにしていますね、新人女優さん。

# 愉快でお茶目な邦衛さん

田中邦衛《たなかくにえ》さんが亡くなった（二〇二一年三月二十四日没）。

最初にお仕事をさせて頂いたのは映画「みんなのいえ」。それからドラマにも大河にもコント番組にも出て頂いた。

朴訥《ぼくとつ》で生真面目、ジョークなんかとても言いそうにないし、言ったところで親父《おやじ》ギャグ的な駄《だ》洒落《じゃれ》が精いっぱい、しかも言った後にめちゃくちゃ照れる、そんなイメージが邦衛さんにはある。でも実際はとんでもない。僕の知っている俳優さんの中でも笑いのセンスはトップレベル。ああ見えてと書くと語弊があるけど、実はとても頭の回転が速く、知的で、ユーモアに満ち溢《あふ》れた方なのだ。ところが一見そんな風には見えないから、邦衛さんがジョークを言っても、みんな、本気にしてなかなか笑ってくれない。

「みんなのいえ」の舞台挨拶《あいさつ》で邦衛さんは「僕は監督から『コメディー』だと聞かされなかった

ので、一生懸命真面目に演じました。だから出来た映画を見て、ぶったまげました」とスピーチ。もちろん邦衛さん流のジョークなのだが、記者の皆さんは全く笑わず真剣に頷《うなず》いていた。

撮影現場に取材が入った時、邦衛さんは記者の前で突然「監督、オレに何やらせんだよ、冗談じゃねえよ、やってられっかああ」と叫んで、台本を床に叩《たた》きつけた。これも邦衛さん流のサービス。分かっているスタッフは爆笑するのだが、初めて邦衛さんを生で見る若い記者たちは顔面《がんめん》蒼白《そうはく》。えらいところに来てしまったと、震え上がった。「邦衛さん、芝居が上手《うま》すぎて、みんな、本気にしてますよ」と僕がフォローすると、台本を拾い上げ記者たちを見渡しながら邦衛さんは、伏し目がちに「すんません、こんな感じでやってます」と微笑《ほほえ》んだ。

休憩時間、邦衛さんが「ちょっとお線香あげてきます」と言い残して去った時は、必ずどこかで煙草《たばこ》を吸っている。これも知らない人は「なんて信心深い人なんだ」と思ったはずだ。

撮影開始時間になっても姿が見えない。スタッフが「邦衛さーん」と探しまわっても見つからない。しばらくして上から「早く始めねえか、このやろう」と聞き覚えのある声。見上げると、照明スタッフが行き来するキャットウォークに腰掛けてこっちを見ている邦衛さん。とにかく人を笑わせたり驚かせるのが大好き。茶目《ちゃめ》っ気の塊なのだ。

現場に来る時は電車か徒歩。砧《きぬた》の撮影所にも、ご自宅のある横浜から歩いて来られていた。「みんなのいえ」の時は大工の棟梁《とうりょう》の役で、衣装が普段の私服とほとんど変わらなかった。撮影後に邦衛さんの衣装が紛失して大騒ぎになったことが。スタッフが邦衛さんに確認したら、衣装のまま帰宅していたことが発覚。もっともこれは茶目っ気ではなく、本当に間違えたのだと思う。スタッフに迷惑が掛かるようないたずらは決してしない方だから。

地方にロケに行った時、撮影終了後にスタッフの一人が地元の銭湯に行ったら、脱衣場で全裸の邦衛さんが、長蛇の列のお客さんに一人ずつサインをしてあげていたという。どこまでも優しい邦衛さんなのである。

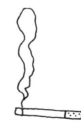

# 一九六三年の傑作ドラマに興奮

「正塚《しょうづか》の婆《ばあ》さん」という作品をご存知《ぞんじ》ですか。一九六三年にTBSで放送された単発ドラマ。今もCSのTBSチャンネルでたまに観《み》ることが出来る。脚本は橋本忍さん。演出は大山勝美《おおやまかつみ》さん。僕は今の今までこの作品のことを全く知らなかった。ディスカッションドラマの傑作である。

最初の数分は、おくにという、かなり自己主張の強いお婆さんの日常が描かれる。彼女が検察審査会に呼ばれて裁判所へ赴くところから、本格的に物語が動き出す。

恐らくシドニー・ルメットの「十二人の怒れる男」に刺激を受けて作られたのだろう。「十二人の怒れる男」も元はテレビドラマだったし、モノクロであることも含めて、全体の演出もどことなく似ている。僕が「12人の優しい日本人」を作る遥《はる》か以前に、「十二人の怒れる男」の日本版が既に作られていたのだ。

冒頭のワクワク感をどう表現すれば良いのか。なにしろあの「十二人の怒れる男」の世界に、突然意地悪ばあさんが紛れ込んだようなもの。まさに想像を絶する光景である。

土地を巡るちょっとした事件を担当することになった、婆さんと検察審査会のメンバー。物語はミステリー風に始まり、しかし謎解きの興味からいきなりハンドルが切られて、どんどん社会派ドラマになっていく。

事件の真相が見えてくるにつれて浮かび上がる日本社会にはびこる本当の「悪」の姿。結果、「十二人の怒れる男」とは全く趣の異なった作品になるのだけど、これはこれで非常にスリリング。ちなみにタイトルの「正塚の婆さん」とは三途《さんず》の川で亡者の衣類を剝《は》ぎ取る老婆のことだそうだ。

主人公のおくに婆さんをチャーミングに演じるのは三益《みます》愛子さん。「母もの映画」で一世を風《ふう》靡《び》、その後「お婆さん」女優としてテレビ、映画、舞台で大活躍された方。僕らの世代だと、芸能一家の上品なお母さんのイメージが強い。

凄《すご》いのは脇を固める役者陣。検察審査会のメンバーに岸田森《しん》さん、日下《くさか》武史さん、宮部《みやべ》昭夫《あきお》さん、多々良純《たたらじゅん》さん……。邦画やテレビドラマファンで、この人たちの名前を聞いて胸をときめかせない人はいないだろう。さらに裁判所の職員役で田中明夫さん。お歳《とし》を召した姿しか知らなかったので、若い頃のギラギラした田中さんを観ることが出来て嬉《うれ》しかった。慇懃《いんぎん》無礼を絵に描いたような薄気味悪いキャラで、ドラマの前半はこの人が引っ張っていると言ってもよい。

さらに小松方正（一瞬！）、玉川伊佐男、堺左千夫《さかいさちお》、草野大悟、常田《ときた》富士男（敬称略）、といった強烈な個性の人たちが次から次へと。そして宮口精二が出てきて、最後に山形勲が巨悪として登場。これがまた完璧な役作りでため息が出るほどだ。僕が五十年早く生まれていたら、絶対に自分の作品に出て頂いていただろう、と思える俳優の皆さん。

これだけのメンツを揃《そろ》えて、ドラマが面白くならないわけがない。

しかし一番驚いたのは、ラストのクレジット。演出スタッフとして名を連ねるのが高橋一郎、鴨下信一、村木良彦、実相寺昭雄、久世光彦《てるひこ》。レジェンド大集合である。これはもうドラマの宝石箱！

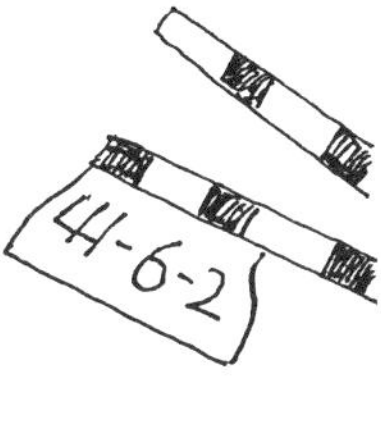

# 表紙は「和田さん風」自画像

さて、この連載がまとまってまた本になった。『三谷幸喜のありふれた生活16　予測不能』（二〇二一年四月七日刊行）。連載は二十年を過ぎたが、本の内容は毎回一年分よりちょっと多いので、十六冊目になる。

コロナ禍で出版が遅れたお詫《わ》びに、内容はいつになく盛り沢山《だくさん》。二〇一七年の十一月から二〇一九年の二月までの連載分に加え、映画「記憶にございません！」公開時にHPに載った限定ブログ「ここだけの話」も全文収録してある。ちょっと分厚いけど、中身は充実しています。

さてここからは本の「はじめに」に書いた内容と少し被《かぶ》ります。

二〇一九年の十月七日、「ありふれた生活」のイラストと単行本の装画・装丁をやって下さっていた和田誠さんが天国に旅立たれた。連載を始める際、和田さんと僕と編集の山口宏子さんとで行った決起集会（？）の場で和田さんは「この中の誰か一人が死ぬまで続けよう、多分それは僕だけど」とおっしゃった。約束を守って僕は最終回を書くつもりだったけど、結局今も続いている。連載がある限り、和田さんの描かれたロゴとイラストは残り続けるわけで、つまりイラストレーター和田誠は「現役」なのだ。

しかし単行本に関しては、和田さんに新作の絵も装丁もお願いすることはもう出来ない。苦肉の策で、装丁はプロの方（渋澤弾さん）に、イラストは僕が描くことになった。「予測不能」というタイトルは決まっていた。舞台「江戸は燃えているか」公演中に急病で倒れた松岡茉優さんの代役で、急きょ舞台に立つことになった時のエピソードが出てくるので、そこから採った。僕は和田さんになったつもりで、和田さんだったらこのタイトルで、どんな絵を描くかとひたすら考えた。

悩んだ末、舞台衣装を着た自分の姿にした。実際の時は、僕が女性の着物を着て鬘《かつら》を被っても客席から失笑を買うだけなので、黒衣《くろこ》の格好で演じた。つまり僕が描いたのは、お客さんが想像した架空の僕の似顔絵なのである。このひねった発想、なんとなく和田さんっぽい気がしませんか。

高校時代から和田さんの模写をしていたから、その気になれば、女装した僕を和田さんの筆致そのままに描くことは出来る。実際に描いてもみた。誰もが和田さんの未発表イラストと信じ込む完成度（だったと思う）。でもそれって逆に失礼な気がして没。和田さんのテイストを残しつつ、自分なりの自画像を描いてみることに。

他人《ひと》の似顔絵を描くのは大好きだ。誕生日にプレゼントしたりもする。でも自分自身というのはほとんど経験がない。妙に恥ずかしいのである。和田さんもあまり自画像は描かれなかったと思う。美化し過ぎると「あいつは自分をなんだと思ってるんだ」と言われかねないし、デフォルメし過ぎると、今度は自虐な感じがして、見ていて愉快ではない。色々苦労した結果、いい塩梅《あんばい》のものが出来上がった。今回の表紙を飾っているのが、それである。

というわけで十六冊目の「ありふれた生活」。とりわけ思い入れの強いものとなりました。

# 前半のキーパーソンは頼朝

来年（二〇二二年）の大河ドラマ「鎌倉殿の13人」のホンを書く日々。このペースで行くと、来年の六月には書き終えている算段。あと一年以上もあると思うと気が遠くなるが、翻って考えれば、これほど幸せなことはない。好きな大河ドラマの世界に没頭できるのである。

もはや趣味「大河執筆」。脚本家冥利《みょうり》に尽きます。

今年の大河は「青天を衝《つ》け」。主人公渋沢栄一がいよいよ故郷を飛び出す。主演の吉沢亮さんが素晴らしい。端正な二枚目なんだけど妙に愛嬌《あいきょう》もあって、「くまのプーさん」っぽい実際の渋沢栄一に重なる。徳川慶喜役の草彅剛《くさなぎつよし》さんも、彼にしか出来ない慶喜を淡々と演じていて画面をさらっていく。視聴率も好調。このまま突っ走って、「鎌倉殿の13人」にバトンを渡して欲しいところだ。

昭和まで生きた栄一。別に大河ドラマは最終回で主人公が死ぬという決まりはないから、どこまで描くかは作り手次第。でもせっかくだからここは晩年も見てみたい。幕末から昭和までを駆け抜ける画期的な大河になるのではないでしょうか。

それにしてもつくづく難しい題材だと思う。お札になるくらいの重要人物だけど、歴史を揺るがす大事件の渦中にいたわけではない。それをどうドラマチックに描くか。

描きようによってはどんな人物だって大河ドラマの主人公になれることを、ぜひ証明して欲しい。大変だけどスタッフの皆さん、頑張って下さい。

そう考えると「鎌倉殿の13人」は楽である。もちろんそれなりに書くのは大変だし、実際に苦労しているのだけど、鎌倉時代初期は、もう事件に次ぐ事件。小栗旬さん演じる主人公の北条義時とその仲間たちは、毎回死ぬような思いをする。題材としてはこれ以上のものはないような気がする。予言めいた言い方になるが、来年の大河ドラマは多分、目が離せないものになる。でもそれは脚本家の力ではなく（もちろんゼロではないけど）、あの時代そのものが面白いからです。

前半のキーパーソンは源頼朝。幕府の初代将軍仲間、徳川家康と比べると人気のない人。性格は冷淡。しかも女好き。弟に時代のスター源義経がいるから余計分が悪い。

この頼朝をどれだけ血の通った人間として描くかが、僕の最初のテーマ。臆病で猜疑《さいぎ》心が強く、なかなか人に本心を見せない。でも本質的には大政治家であり、先を見通す才に長《た》けている。演じるのは大泉洋。前半はこの頼朝と、彼に翻弄《ほんろう》されまくる義弟・義時とのある意味「バディ物」だ。紆余《うよ》曲折を経て、宿敵平家を倒し、義経とのあれやこれやがあって、奥州藤原氏とのあれやこれやもあって、ようやく鎌倉幕府が軌道に乗り始めたところでの頼朝の突然の死。ここまでで全体のほぼ半分だ。

だがこれはプロローグに過ぎない。「鎌倉殿の13人」の本当の物語が始まるのはここからなのだ。

「スター・ウォーズ」で言えば、ここでようやく「エピソード4　新たなる希望」なのである。

ね、面白そうでしょ。

# 僕を作った小学校の六年

息子が小学生になった。抱っこやおんぶはとっくに卒業しているが、たまにふざけて持ち上げてみると、そのずっしりした重量感に圧倒される。ついこの間まで肩に乗せていたのが嘘《うそ》のようだ。

自分の小学生時代を思い出してみる。盲腸の手術が失敗し、数カ月入院する羽目になったのが三年生の時だった。四年になってすぐ、父が他界。チャプリンにハマったのも同じ年のことだ。「シャーロック・ホームズの冒険」という映画で初めてビリー・ワイルダー監督を知ったのもその頃。初めてテレビで「十二人の怒れる男」を観《み》たのはもっと前で二年生の時。「大脱走」が四年生。「国盗《くにと》り物語」で初めて大河ドラマを一年通して観たのが六年生で、「死の方程式」というエピソードで刑事コロンボと出会ったのも同じ年。あかね書房の『少年少女世界推理文学全集』にはまってクリスティーやクイーンを知ったのもその頃である（当時、一番はまったのは、なぜかクロフツの「マギル卿《きょう》さいごの旅」）。
つまり今の僕はほぼ小学生の間に形成されていたわけ。中学に入る前に僕は既に僕になってい
た。きちんと自覚はしていなかったが、自分の進むべき道はなんとなく見えていた気がする。息
子はこれからの六年で、何を吸収していくのだろうか。親としてちょっとドキドキだが、楽しみ
でもある。
こんな道に進んで欲しいという思いは当然あるけど、親の願望を押し付けることはくれぐれも
しないようにしている。彼が今何に興味を持っているのかについては、決して見逃さないように
注意を払っている。
彼は努力家である。先日はひたすらけん玉に没頭し、本体の先のとんがったあの部分に、今で
は容易に玉を入れられるようになった。ピアノも決して上達が早いとは言えないが、「サマータ
イム・ブルース」というとんでもなくジャジーな曲（名曲『サマータイム』とは別物）をなんと
か弾きこなせるまでになった。
文章を書くことに関しては、楽しみながら結果を出しているようだ。僕が読んで聞かせた星新
一の作品に感化され、彼が書いたショートショート「ふしぎなくすり」は、さらさらと書いてい
たくせに、なかなかの完成度だった。ちゃんとオチもついていたし、星新一の文体を踏襲してい
たのが面白かった。
彼が書いたオリジナル童話「ペンギン爺《じい》さんの旅立ち」。流氷に乗って去っていくお爺さんぺ

ンギンを孫ペンギンが追いかける。「帰っておいでよ」と叫ぶがお爺さんペンギンは振り返ろうともしない。孫ペンギンは浮輪をお爺さんペンギンに投げ、ロープを手繰り寄せて連れ戻す。その時孫ペンギンが呟《つぶや》いた一言、「案外あっさりと帰ってきたな」は、まるで僕が山本耕史に当てて書いたような言い回しで、思わず笑ってしまった。書いた本人も「ここは僕も一番気に入っている」と言っていた。明らかにそこは笑いどころだったのだ。

少なくとも書くことは嫌いではないようなので、物書きの父親としては、ちょっと嬉《うれ》しい。いや、ちょっとではない。

# 田村さんが書かせてくれた

初めて田村正和さん（二〇二一年四月三日没）にお会いしたのは、「古畑任三郎」の衣装合わせの日でした。

大スターを前に僕は大緊張。刑事役はずっと断ってきた田村さん。台本を読んで、これならやってみたいと思ったらしい。僕がこの作品に掛ける意気込みを語ったら、田村さんは微笑《ほほえ》みを浮かべて一言。「僕より声の小さい人が世の中にいたんだね」

役のイメージを摑《つか》むために古畑の履歴書を書きましょうかと提案しました。本当は古畑の家族構成や日常生活など、このドラマには必要ない。ただ俳優さんによっては、役を演じるヒントにしたがる人もいるのです。田村さんはおっしゃいました。「いりません。この刑事はね、事件の時だけ現れて、解決したら消えてしまうんだ。プライベートを想像するなんて面倒なことはしなくていい。だから僕は引き受けた」

この瞬間、僕はこのドラマが成功することを確信しました。そしておこがましくも目の前の大スターに対して、（この人とはきっと話が合う）と直感したのでした。

古畑を書いている間は、田村さんと常に一緒にいる感覚でした。あの田村正和にこんなことをさせてみたいという発想で書いた「台本＝球」を投げれば、田村さんはそれを見事に打ち返してくる。さらに「だったらこれはどうですか」とより難易度の高い球を投げてみると田村さんはまたもや軽やかにホームランをかっ飛ばす。そうやって僕らは古畑任三郎という奇妙な刑事を作り上げていきました。

古畑を僕に書かせてくれたのは、紛れもなく田村さんです。田村さんがいなくなってしまった今、古畑任三郎が事件現場に戻ってくることはもうありません。

稀有《けう》な俳優さんだったと思います。アンリアルな外見だからこそ引き立つリアルな感情表現。一見、型芝居のようでいて、心で演技をされる方でした。そしてユーモアのセンス。普段から会話はウィットに富んでいるし、身のこなしもハリウッド俳優のよう。外国映画を沢山《たくさん》観《み》ているのではと、一度伺《うかが》ったことがあります。その時はウェイン・ワン監督の「スモーク」は名作だとおっしゃっていました。相当の映画通だったと僕は見ています。

映画も舞台もやられていたけど、田村さんといえばやはりテレビ。ご本人もテレビドラマを愛してらしたようです。追悼のニュースで、一般の方々が思い出の作品に「古畑任三郎」を挙げてくださるのはとても光栄ですが、田村さんは決してそれだけではない。「パパはニュースキャスター」（脚本・伴一彦）、「男たちによろしく」（脚本・鎌田敏夫）……、田村さんのコミカルでシニカルな魅力を生かしたドラマは沢山あります。少なくとも、それらの作品がなければ、僕は古畑任三郎を書いていなかった。

「映画俳優」「舞台俳優」というように「テレビ俳優」という言葉があるのなら、田村さんは紛れもなく、超一流の「テレビ俳優」だったような気がします。

田村さん、安らかにお眠り下さい。古畑を引き受けてくださって本当にありがとうございました。

## 「古畑」は生き続けます

様々な番組で田村正和さん追悼のコーナーが設けられた。ネットでも田村さん関連のニュースが後を絶たない。お元気だった頃の映像を見ると、ダンディーで温かくてお茶目《ちゃめ》な姿がとてつもなく輝いていて、この人がいなくなったことが、どんどん信じられなくなってくる。

生前、田村さんが人前で決して食事をしなかったというエピソードがあちこちで紹介されていた。大抵の場合、リスペクトを込めながらも「スターであることを演じ続けていた田村正和」について面白おかしく語られるのだが、僕には少々違和感があった。

それほど親しくさせて頂いていたわけではない。お会いしたのも十回程度。そんな僕でも、田村さんが何かを食べているところを何度も見ている。撮影時の昼休憩は、必ず楽屋に戻って昼食を取るのが決まりだったのは事実。しかし食事を自分の部屋で取る俳優さんは何も田村さんだけではない。打ち上げでは皆と飲んだり食べたりされていたというし、僕もイチローさんがゲストだった回のクランクアップ後に、飲み会に参加して深夜までご一緒させて頂いた。

決してスターを演じ続けていたのではなかったと思う。少なくとも僕の目にはそう映った。いつだって田村さんは自然体だった。あの容姿のせいで、それを作られたものだと思う人がいたとしてもおかしくはないけど。

田村さんは紛れもないスター。かといって、その言葉から連想される、寡黙とか孤高とか傲慢《ごうまん》といったイメージは皆無。饒舌《じょうぜつ》ではないけれど話し好きだったし、よく笑ってらっしゃった。

飲み会の席で田村さんに「自分にどんな役をやらせたいか」と聞かれたので、「インディ・ジョーンズみたいに、巨大な石に追いかけられる田村さんを見てみたい」と答えたら、「いやだ、そんなしんどい役、絶対にやらない」と爆笑しながら、子供のように首を振った田村さん。明るい方だった。気さくなのに、どこか雲の上の人のような雰囲気も持ち合わせていた。そこが田村さんの唯一無二のところだし、だからこそ共演者もスタッフも田村さんのことが大好きだった。

田村さんがこの世を去り、田村さんが演じたキャラクターの一人に過ぎない「古畑任三郎」が僕の想像以上に、皆さんの心に残っていることを知って、正直驚いている。追悼番組を見ていると、多くの方たちが古畑について語っていた。再放送された、松嶋菜々子さんゲストの回は高視聴率を取った。作り手側の一人として、感謝の気持ちでいっぱいだ。田村さんがこのことを知ったら、どう思われただろう。「ほんまに？」とはにかむ姿が目に浮かぶ。

古畑の新作はもう作られることはない。でもあの奇妙な刑事に会うことはできる。彼が登場する四十一本のドラマは、いつでも観《み》ることが可能だ。古畑が登場する小説版を僕が書いてもいい。田村さんの演技を想像して読むことで、俳優田村正和と古畑任三郎は、生き続ける。そういうわけで、昨年（二〇二〇年）ご好評を頂いた「新聞連載小説版古畑任三郎」、今年もやろうと思っています。乞うご期待。

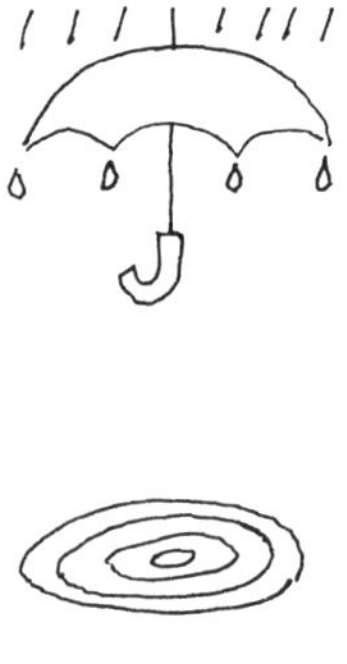

# マスクを超える顔の持ち主

マスク生活もだいぶ慣れてきた。最近では、つけるのを忘れて外に出てしまうと、下半身を露出して歩いているのと同様の恥ずかしさと罪悪感で、慌ててハンカチで口元を押さえてコンビニへ買いに走る。

これだけマスクが世の中に定着すると、ドラマを作っているスタッフはさぞ頭を悩ましていることだろう。例えば「古畑任三郎」の新作が今年（二〇二一年）放送されていたとする。あのドラマの醍醐味《だいごみ》はやはり刑事と犯人の対決。しかし当然、ソーシャルディスタンスは考慮しなければならない。マスクをつけた二人が距離を取りながらの心理バトル。とても盛り上がるとは思えない。

フィクションの世界ということで、忘れてもいいようにも思えるが、田村さん演じる古畑のキャラクターを考えれば、むしろ何重にもマスクをつけて現場に現れた方が確実に面白い。難しい問題だ。

実際に放送されている刑事ものを観《み》てみたら、マスク刑事《でか》は現れなかった。現代劇ではないという設定なのだろうか。数年前、もしくは数年後ということなのか。それともパラレルワールドなのか。作り手の皆さんがどう割り切って考えているのか、聞いてみたいところだ。

この暮らしも既に一年以上が経過。必然的にこの間に出会った人に関しては、僕はその顔の半分しか知らない。最近通うようになったカフェの従業員さんも、スポーツジムに新しく入った受付の女性も、何度も会話をしているけれど、知っているのは顔の上半分。いつの日か、マスクなしの状態で道で出会っても多分気づかないと思う。

ふと考えた。コロナ禍において「一目惚《ぼ》れ」というのは成り立つのか。

「一目惚れ」は文字通り、出会って一瞬にして相手を好きになることである。顔の上半分しか見ないで、誰かを好きになってしまうことってあるのだろうか。

それが非常にリスキーであることは誰もが分かっている。顔の上半分だけ見て下半分を想像しなければならない。もし上半分は好みの顔だったとしても、下半分がそうでなかったとしたら。人はそんな危険な賭けをしてまで、誰かを好きになることがあるのだろうか。

逆に、上半分しか見えないからこそ想像が膨らみ、むしろ「一目惚れ」率が上昇する可能性もなくはないが。

去年上演した「23階の笑い」。一月《ひとつき》にわたる稽古期間は、出演者全員マスクをしていた。

通し稽古で初めて外した時、大半の役者は、やっと表情が分かって新鮮な驚きがあったのだが、一人だけ印象が変わらない男がいた。小手伸也さんである。

黒い髪、狭い額、太い眉、中心に寄った両目、そして鋭い眼光。彼の顔面の特徴はほぼ上半分に集約されており、その顔面の力強さは完全にマスクを凌駕《りょうが》。だからまるでマスクの印象がないのである。「あれ、小手さんて、稽古中マスクしてましたっけ」と確認したら「してるに決まっているじゃないですか」とムキになって反論していたので、多分していたのだろう。

まあ、そんな人もいる。

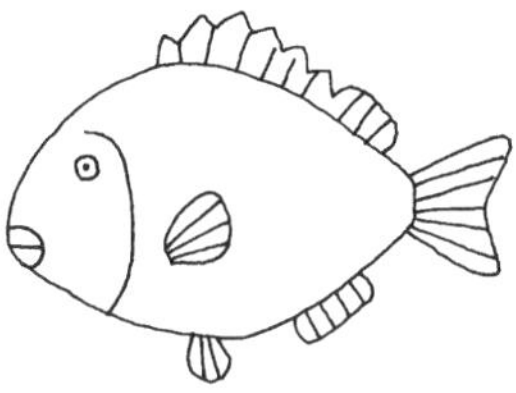

# 僕好みだった「胡散臭さ」

訃報《ふほう》が続く。

チャールズ・グローディン（二〇二一年五月十八日没）。僕より下の世代で（と言っても、既に大半は下の世代なのだけど）、知っている人はそんなに多くないとは思うが、一九七〇年代から八〇年代にかけてかなりの頻度でアメリカ映画に出ていた俳優さんだ。

代表作は何になるのだろう。主演作といえば「ベートーベン」シリーズ。音楽家と同じ名前を持つセントバーナード犬の飼い主役。でもこの人は本来、脇で本領を発揮する人だ。強烈な個性で主演を食ってしまうタイプ。すぐに思い出すのが「天国から来たチャンピオン」の悪だくみばかりしている大富豪秘書。「デーヴ」の実直な会計士も忘れられない。

奥さん（ゴールディ・ホーン）とその前夫（チェビー・チェイス）に振り回される「昔みたい」。脚本はニール・サイモン。知的で二枚目だけど若干胡散《うさん》臭いグローディンの個性は、サイモンの世界観にもぴったりはまった。受けの芝居が上手《うま》くて、何か突拍子もない事態に巻き込まれ、平静を装いながらも、心の底ではむちゃくちゃ動揺している、そんなシチュエーションを演じさせたら天下一品。

若干胡散臭いというのは、グローディンを語る時に欠かせないフレーズだ。ロバート・デ・ニーロと共演した「ミッドナイト・ラン」。現代の賞金稼ぎ（デ・ニーロ）と逃亡中の会計士（また会計士だ）のロードムービー。誠実なのかそうでないのか、頼りになるのかならないのか、悪人なのかいい奴《やつ》なのか、さっぱり分からない、つまりは胡散臭いとしか言いようがない不可思議なキャラクターをグローディンは飄々《ひょうひょう》と演じた。

これは想像だけど、デ・ニーロは、グローディンのことを役者として嫉妬していたのではないか。（こいつ面白いな、絶対俺より目立っているよな、いい役だしな、俺、本当はそっちの役がやりたかったたな）と思いながら芝居をしている風に見えて仕方がない。

秘書とか会計士といったお堅い職業を演じることが多かったのは、さほど顔に個性がないからか。胡散臭さは、その喋《しゃべ》り方にある。なんというか軽いのだ、心がないというか。彼が話すと言葉が上滑りする。高田純次さんと言えば言い過ぎだけど、井上順さんが近い。それで容姿が至って真面目そうなので、より信用できない感じが増す。

胡散臭い役を得意とされていた日本の俳優さんでいうと、まず思い浮かぶのが杉浦直樹さん。昭和のお父さん的な役もやられていたけど、口八丁手八丁で相手を煙《けむ》に巻く詐欺師みたいな役も絶品だった。梅野《うめの》泰靖《やすきよ》さんもちょっとそんな感じか。もっと下の世代でいうと、唐沢寿明さんに少しその片鱗《へんりん》が見える。みんな、大好きな俳優さん。

さらに若手だと、そういう役をやっているのを見たことがないが二宮和也さん。一見誠実そうだけど、嘘《うそ》ばっかりついていて、言葉一つで世間を渡り歩いていく。カッコいいけど悪党で、悪党だけど情に厚い、そんな「胡散臭い」キャラを、ぜひ彼で見てみたい気がする。

そんな僕の大好きな俳優さんの系譜の中にチャールズ・グローディンはいる。

# 「やかまし村」に親子で夢中

息子が小学校に行くようになり、就寝前の読み聞かせにも変化が現れた。ドリトル先生、ムーミン、星新一ときて、この辺で息子にとっては等身大の、彼と歳《とし》が近い子供たちが活躍する物語を聞かせたくなった。何冊か子供が主人公の小説を読んでやったが、その中で息子（そして僕）が最もはまったのが、「やかまし村の子どもたち」だ。

スウェーデンの児童文学。作者はアストリッド・アンナ・エミリア・リンドグレーン。名前と作品は子供の頃から知っていたが、実際に読んだことはなかった。「長くつ下のピッピ」「名探偵カッレくん」「やねの上のカールソン」「ちいさいロッタちゃん」、彼女の作品は学校の図書館や教室の学級文庫には必ず一冊は置いてあった。タイトルには確かにそそるものがある。名探偵とあるからにはきっとミステリーなのだろう。ピッピのはく長くつ下というのはどれくらい長いのか。ちいさいロッタちゃんはどれくらい小さいのか。カールソンは屋根の上で何をしているのか。

バイオリンでも弾いているのか。

タイトルは面白そうだったけど、結局読まず嫌いだった。表紙の雰囲気から、女の子向きの作品に思えてしまっていた。リンドグレーンの小説を読んでいる、もしくは持ち歩いている自分を想像するとなんとなく気恥ずかしく感じて、手が伸びなかった。

五十九歳にして初めて接するリンドグレーンの世界。『やかまし村の子どもたち』（岩波書店版）はスウェーデンの田舎町を舞台に、六人の子供たちの日常生活を描いている。これがびっくりするほど面白くて、僕も息子も完全にはまった。このところ夜の読み聞かせの時間が、楽しみで仕方がない。六十年以上前の北欧の子どもたちの生態を丹念に描いただけの内容。なのに、なぜこんなに面白いのか。

一つには、そこに描かれる彼らの暮らしが、あまりにも楽しそうだから。小学生なら一度は経験してみたい細やかな「冒険」がそこには満ち溢《あふ》れている。

道を歩かず、わざわざ歩きにくい柵の上を皆で渡って学校に行ったり、自分の家の二階の窓と隣家の二階の窓に紐《ひも》を通して、手紙の交換をしたり。それはかつて子供だった僕にとって「やってみたかったこと」であり、現在進行形の子供である息子にとっては「いつかやってみたいこと」。もちろん風習や環境が日本と違う部分もある。それでも「やかまし村」の子どもたちに、僕は自分の少年時代をぴったりと重ねることが出来たし、息子もまた同じだ。

石井登志子《いしいとしこ》さんの翻訳もこなれていて、翻訳臭がない。原著の挿絵をそのまま載せてくれているのも嬉《うれ》しい。イングリッド・ヴァン・ニイマンという人が描いたその絵は、日本人にとってはいい塩梅《あんばい》で気持ち悪く、逆に印象に残る。リーサ（語り手）、ブリッタ、アンナ、ラッセ、ボッセ、ウッレの六人の仲間たちは、もうすっかり僕ら親子の遊び友達だ。

一つだけ難点を挙げるとするなら、ウッレという名前は日本人には発音しにくく、読み聞かせする父親は苦労しています。ウッレの愛犬スヴィップもしかり。

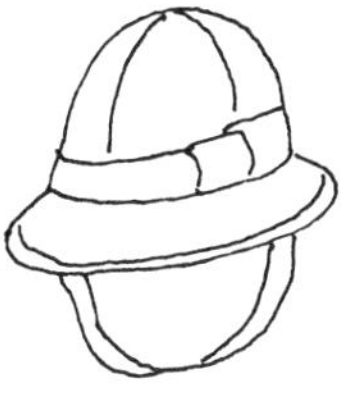

## 「日本の歴史」に新しい仲間

再演される「日本の歴史」は僕の中ではとても異質な作品だ。なにしろ限定された時間や空間で繰り広げられる密室劇を、これまでずっと書いてきた。ところが「日本の歴史」は卑弥呼《ひみこ》の時代から太平洋戦争まで千七百年にわたる壮大な物語だ。場所もどんどん移動する。登場人物六十人以上。こんな芝居は他に書いたことがない。

しかも今回はコメディーですらない。役者の目まぐるしい早変わりや、常識を超えたキャスティング（例えば西郷隆盛を意外に華奢《きゃしゃ》なシルビア・グラブさんが演じる）など、コミカルな演出はあるけど、台詞《せりふ》や状況設定で笑わせる、つまりこれまでやって来た喜劇の手法はほとんど使っていない。ミュージカルなので心躍るシーンはあっても、これは決して「笑い」を主眼とした作品ではないのだ。

「日本の歴史」は「歴史」をテーマにしたSHOW。日本人が太古の昔からどのような変遷を経て現在に至ったかを、全二十七曲のショーナンバーで綴《つづ》る「歴史スペクタクル」なのである。

それぞれ数役を演じる七人の役者たち。初演から続投する中井貴一さん、香取慎吾さん、新納《にいろ》慎也《しんや》さん、シルビア・グラブさん、宮澤エマさん、秋元才加《さやか》さん。皆さんどちらかというと、入れ代わり立ち代わり演じ分けるイメージがあまりない人たち。そんな彼らが性別や年齢を飛び越えて様々な役に今回も挑戦。

そして、最も入れ代わり立ち代わり演じ分けるイメージの強かった川平《かびら》慈英《じえい》さんがスケジュールの都合で抜け、代わりに今回参加してくれたのが瀬戸康史さんだ。

去年の「23階の笑い」で初めてご一緒したのだが、役に対する真摯《しんし》な姿勢に加えて、僕の無茶《むちゃ》振《ぶ》りになんでも応えてくれる、勘の良さ&思い切りの良さ&センスの良さに感激。今回も出て貰《もら》うことに。川平さんと瀬戸さんは年齢も個性も全く違う。役者交代に合わせてホンを書き換えることも考えたが、あえてそのままにした。川平さんが演じることを想定して作った登場人物たち〜薄幸の平 徳子《たいらのとくし》やエキセントリックな岩倉具視《ともみ》などを、瀬戸さんがどう演じるか興味があったのだ。

現在、稽古場では普通ならまずオファーされないようなキテレツな役を、瀬戸さんは真剣に情熱を込めて演じてくれている。江戸中期にイタリアから来日、当時のトップリーダー新井白石（中井貴一）にラ・ムジカ（音楽）の素晴らしさを説いた宣教師シドッチ。まさに川平さんのために書いた役だ。瀬戸さんはそれを完全に自分のものにした。音楽の楽しさを全身で表現、白石と歌い踊るその姿は、稽古の度にスタッフたちを爆笑の渦に巻き込んでいる。

僕はあまり再演はしたくないタイプで、同じ時間と労力を掛けるなら、一つでも多くの新作を世に出したいと思ってしまう。しかしミュージカルは別だ。とにかくストレートプレーよりも作るのに手間が掛かる。時間があればそれだけ豊かになっていく。「日本の歴史」はそうやって練り上げていく作品のような気がする。百年後の「日本の歴史」が楽しみだ。

# クイーン往復書簡に興奮

エラリー・クイーンをご存知《ぞんじ》だろうか。アガサ・クリスティーと共に推理小説の黄金時代を築いた作家である。

実はこのエラリー・クイーン、フレデリック・ダネイとマンフレッド・リーの合同ペンネーム。そしてこの二人が作品を作り上げていく過程でやり取りしていた往復書簡がこの度、本になった。『エラリー・クイーン創作の秘密　往復書簡１９４７－１９５０年』。この十年で読んだ本の中で、ダントツでエキサイティングな内容だ。

ダネイがプロットを考え、リーがそれを小説化しているのは知っていた。「こんなトリックを思いついちゃったよ」とダネイが企画書を持ち込み、それを元にリーがタイプを叩《たた》く。その脇でダネイがコーヒーを入れたり、夜食のサンドイッチを作ってやったり。そんなほのぼのとした光景を勝手にイメージしていた。残された二人のツーショット写真にも、和気藹々《あいあい》とした雰囲気が漂っている。

ところがこの本を読む限り、実際は全く違った。ここで紹介されている手紙の数々は、表現は柔らかいがほとんど罵《のの》り合い。往復書簡などという生易しいものではない。知り合いからこんな激しい手紙を貰《もら》ったら、一生立ち直れないというほどの辛辣《しんらつ》なやりとりが、延々繰り返されるのである。

バトルのテーマはもちろん創作について。より良い小説を作ろうと二人とも頑張っているのは分かるが、こんなに相手を嫌っていて、よく共同作業が出来たよなあと思わせるほどの激しさ。

争いの原因はだいたい決まっている。ダネイの書くプロットが（それは僕が想像していたものより遥《はる》かに緻密《ちみつ》だ）、リーのお気に召さないところから始まるパターンが多い。リーは、ダネイのプロットには人間が描かれていない、そんな薄っぺらい登場人物を小説に登場させるわけにはいかないと主張。ダネイは、なぜその人物が必要なのかを、イラっとしながらも論理的に説明しようと頑張る。

僕に言わせれば、リーが悪い。ダネイが書くものはあくまでプロットなので、人物描写が甘くなるのは仕方ないではないか。リーも長年一緒にやっているのだから、その辺は理解してあげて欲しい。

実際に小説にするのはリーなので、一般の皆さんは彼に肩入れしたくなるかもしれないが、僕はダネイ派。どんなものでもゼロからの出発が一番大変。リーの方が作品に向き合う時間は長いかもしれないが、それはタイプライターの前に座っている時間のことで、ダネイはプロットを練り上げるまで、同じくらい膨大な時間を掛けているのだ、たぶん。

僕は脚本家だが、自分の中にも確実にダネイとリーがいる。物語を考える能力と、それを実際に台詞《せりふ》に起こす能力は別。二人の手紙のやり取りを読みながら、僕の中の二つの人格が議論しているような錯覚にとらわれた。

物を書く仕事をしている人には必読の書だと思う。

飯城勇三氏の翻訳も素晴らしく、ダネイの一人称が「私」、リーが「僕」というのも、（ああ、分かってるなあ）と嬉《うれ》しくなってしまう。

# 歴史を通好みの顔ぶれで

ミュージカル「日本の歴史」の再演が始まった。描かれるのは卑弥呼《ひみこ》の時代から太平洋戦争まで。六十役近い登場人物を、七人の役者が演じる。

日本史を彩る個性溢《あふ》れる歴史上の人物から誰をピックアップするか。それは楽しい作業だった。熟慮の末、知名度は高くないけど歴史ファンならきっと喜んでくれる、通好みの人たちが集まった。

奈良時代からは藤原仲麻呂。藤原鎌足《かまたり》のひ孫にあたる人。政治には興味がなかったのに、藤原氏のほとんどが病に倒れてしぶしぶ一族を背負って立つことに。このしぶしぶというのが大事で、最初から夢に向かって突き進むより、諸事情あってその世界に飛び込んで、頑張って結果を出した人に僕は惹《ひ》かれる。

仲麻呂は太政大臣《だいじょう》にまで上り詰める。結局は権力が彼を惑わし、最期は悲惨な運命を辿《たど》ることに。ハッピーエンドで終わらないというのも不可欠だ。大願成就した揚げ句に、家族に看取《みと》られながら幸せな最期を迎える人生を、僕はさほど描きたいとは思わない。仲麻呂を演じるのは新納慎也さん。

戦国時代からは弥助（秋元才加さん）が登場。信長に仕えた黒人の侍だ。あまりに数奇な運命。この人のことはいつか、もっと深く描いて、映画かドラマにしてみたいと思っている。

江戸時代代表は、キリスト教の布教のためにイタリアからやってきたシドッチ（瀬戸康史さん）。日本文化に馴染《なじ》むために月代《さかやき》を剃《そ》り、ちょんまげを結った猛者《もさ》。黒船来航よりも遥《はる》か以前に、日本には沢山《たくさん》の外国人が訪れていたということを知って欲しくて、登場して頂いた。

幕末は、坂本龍馬や高杉晋作といった大物を抑えて相楽総三《さがらそうぞう》をピックアップ。下総の郷士《ごうし》の家に生まれ、討幕運動に参加。赤報隊《せきほうたい》を組織し、大政奉還後の混乱の中、薩摩や長州を尻目に、誰よりも先に江戸城に乗り込もうとする。倒幕側であるにもかかわらず、薩摩に恨まれる悲運の人。昔から彼のことが好きで、実は最初に大河のオファーを受けた時、僕が提案したのは相楽総三の物語だった。地味すぎるので却下になったけど。今回は香取慎吾さんが演じる。

明治からは秩父《ちちぶ》困民党《こんみんとう》の田代栄助。彼もまた自分の意思とは関係なく歴史に翻弄《ほんろう》された。弱き者のために立ち上がり、明治政府に喧嘩《けんか》を仕掛け、そして……。大河ドラマ「獅子の時代」では志村喬《たかし》さんが演じ、今回は中井貴一さん。老侠客《きょうかく》に扮した中井さんが着流し姿で歌う「何も変わらない」は田代ファンにはたまらないナンバーだ。

当初は、こういったマニアックな人ばかりで全編を構成するつもりだったが、プロットを読んだ音楽担当の荻野清子さんに「全く中身が入ってこない」と言われ（彼女は歴史に興味がない）、有名どころも入れることになった。宮澤エマさんの平清盛や、シルビア・グラブさんの織田信長、同じくシルビア・グラブさんの西郷どんら歴史上の大スターが現れると、確かに場面が賑《にぎ》やかになる。

まだまだ日本史には、描いてみたい人物が山ほどいる。このミュージカル、シリーズ化出来ます。

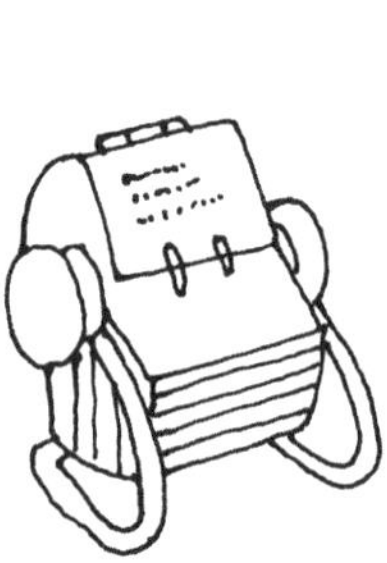

# 「カブキ」指南役はあの人

息子が育てていたカブトムシの幼虫がさなぎとなり、この度見事に成虫に。名前は「カブキ」。単一の乾電池くらいの大きさのオスである。

いつ頃からか、生物に対して、異常なほどに感情移入するようになった。道端で、子供たちのなぐさみものになっている昆虫たちを見ると、胸が締め付けられる。ペットショップもそう。ガラスケースの中の子犬たちと目が合うと、全部まとめて面倒見てやりたい衝動に駆られるため、前を通る時は全速力で走り抜ける。道の遠くで、迷い犬らしき姿をちらっと見かけようものなら、踵《きびす》を返して逃げる。今まで何度も犬猫を保護してきて、その度にしんどい思いをしてきたからだ。生き物は好きだが、やっていることは動物嫌いと全く同じという、ねじれ現象。

カブキは息子が貰《もら》ってきたカブトムシだが、こういった場合、飼育係となるのは親の宿命だ。僕としては決して嬉《うれ》しくはないが、仕方がない。さなぎの間は、筒状のものに土を入れて、その中でひたすらじっとしていたのだが、成虫になったらそうもいかない。幸い、我が家にはカブトムシ用の透明ケースがある。ダンゴムシのダンディー（二代目）のために買ったもの。ここでカブキも暮らしてもらうことにした。

さて、餌は何をあげれば良いのか。枯れ葉とコンクリートの破片とキュウリさえあれば生きていけるダンディーとは違うのだ。カブトムシといえばスイカのイメージが強いが、スイカさえ与え続けていれば生き続けてくれるものなのか。

近所の百円ショップの昆虫飼育グッズコーナーで、専用の昆虫ゼリーを買ってみたが、ケミカルな感じが一抹の不安を与える。そもそもカブトムシって、この先、もっと大きくなっていくのか。太ったり痩せたりするものなのか。自分がカブトムシについてほとんど何も知らないことに気づいて愕然《がくぜん》となる。

そうだ、こんな時は彼に相談してみよう。知り合いの俳優で、昆虫を研究し尽くし、昆虫に対する深い愛から、遂《つい》にテレビ番組まで作ってしまった男。カマキリ先生こと香川照之氏。

カブキの写真を撮って香川氏にメールで送る。三分もたたないうちに飼い方の詳細な情報が届いた。待っていたかのようだった。市販のゼリーは栄養価が高いので、それだけあげていれば十分。そして「完全変態」の最終的な形態なのでこれ以上大きくなることはない。土はもう少し深めに。そして霧吹きで湿気を保つことを忘れるな。持つべきものはカマキリ先生だ。

四、五時間かけてちまちまと昆虫ゼリーを食べ続けるカブキを見ていると、あまりに人間とかけ離れた生活ぶりに、軽はずみに擬人化するものではないとつくづく思う。生き物だからといって人間と重ねてしまいがちだが、それは僕らのおごり。昆虫は昆虫。カブキはカブキなのだ。突然現れた見知らぬ住人に、戸惑いを隠せないダンディー。そんなシチュエーションも想像したが、全く気にしたそぶりは見せず、こちらも今まで通りに淡々と地面を這《は》い回っている。

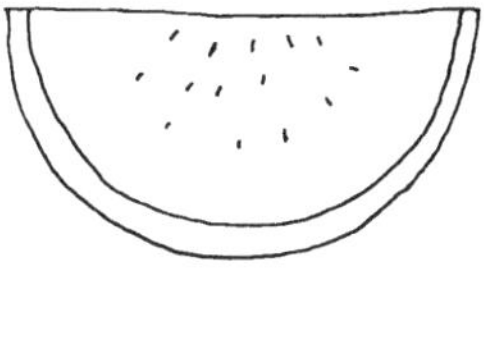

# 困ったなぁ……から名場面

「日本の歴史」はとても幸せな作品だ。何かに見守られているというのだろうか。この作品の上演を様々な見えない力が後押ししてくれている。そんな気さえする。

一例を挙げます。

テキサスの移民の物語と日本史が交錯する、ちょっと不思議な構造を持っているこの作品。終盤、テキサスパートで香取慎吾さん扮するトーニョが、幕前でスピーチをするシーンがある。紆《う》余《よ》曲折を経て、ビジネスマンとして成功した彼が、人前で己の出自を語る。香取さんの真に迫った芝居に客席中が静まり返る。ある意味全体のクライマックスなのだが、実はここは最初の台本にはなかった。初演の稽古中に思いついたのだ。

この次のシーンが太平洋戦争。戦場の雰囲気を出すため、舞台上にスモークが焚《た》かれる。舞台袖のスモークマシンから噴き出される煙に、ちょっとした違和感を覚えた。僕としては戦場になった瞬間に、既にもくもくとなっていて欲しいのだが、舞台監督の福澤諭志さんに「それは難しいです」と言われた。

その前のシーンは、日本史パートで、秩父困民党《ちちぶこんみんとう》の田代栄助のモノローグ。戦場でもくもくさせるには、既にそこからスモークを焚かねばならない。それは避けたかった。戦場のシーンになった時に、(ああ、だからさっきから煙が出ていたんだな)とお客さんに悟られるのが恥ずかしいからだ。

二つのシーンの間に幕を閉めて、幕前で別の場面をやるのはどうか。その間に舞台にスモークを溜《た》めるのである。となると幕前でどんな芝居をやればいいか。前後の流れから考えると香取さんに登場してもらうのが一番。そこであのトーニョのスピーチが生まれたわけである。それがあんなに素敵なシーンになるのだから、全く誰かに導かれているとしか思えない。

さらに、この時の幕というのがブレヒト幕といって、主に場面転換に用いるのだが、稽古をしてみて分かったことがある。香取さんがスピーチをしている間、幕の後ろには前のシーンに田代栄助役で出ていた中井貴一さんが居残り、次のシーンにアメリカ兵役で登場する川平慈英さん(再演は瀬戸康史さん)も待機している。今回は一人の役者がいろんな役を演じるので、中井さんはトーニョの兄ジョセフ、慈英さんは父サミュエルも担当している。本来はスピーチの最後にトーニョは一人で歌うのだけど、どうせ幕の後ろにいるならジョセフやサミュエルにも歌ってもらおう。ということで、男声三部合唱が誕生した。

このシーンを幕の裏から見ると、着流しの老人とGIが並んで歌っていることになって、それはそれで相当面白い光景なのだが、客席からは、死んでいった家族が歌でトーニョを応援するという、いい場面になった。今となっては、このシーンが最初はなかったなんて全く信じられない。

まるで誰かがそうなるように、誘導してくれたみたいではないか。僕はその誰かに感謝するしかない。長年この仕事をしていると、たまに、本当にごくたまに、こんな奇跡が起こるのである。

# 威厳のないまま六十歳に

自分は字が下手である。字が汚いという表現は好きではない。別に汚れているわけではないからだ。さらに言えば、丁寧に書こうと思えば書けるのだから、下手というより雑というのが正しいのかもしれない。

自分で書いた字を見ると、絶望的な気分になる。子供の頃、大人が書く草書体の文字を見て、いつか自分もこんな風に書ける日が来るのか、と期待に胸を膨らませたものだった。今のところまだその日は来ていない。それどころか、パソコンのおかげで最近は字を書くことすら少なくなり、たまに書くと以前よりさらに下手に、いや雑になっている。キーボードで文字を打つスピードに慣れているから、手書きのなかなか進まない感じがもどかしく、気持ちがつい先走って、さらに雑になる。

台本のゲラチェックは、印刷原稿に直接鉛筆で書き込むのだが、この人は七歳の息子にチェックさせているのかと思われる可能性大。この歳《とし》になって、いまだにこんな子供のような字を書いている自分が情けない。これを人が見ていると思うと、まるでいい歳して、三輪車に乗って遊んでいる姿を目撃されたような小っ恥ずかしさである。

というわけで、還暦になりました。

前フリだけで行数の半分近く使ってしまった。どれだけ僕がこの話題に触れたくないか、分かって頂けるだろう。嫌なら書かなければいいのだが、確か五十になった時も四十の時もこのエッセーで触れていたはず。六十だけすっ飛ばすわけにはいかない。だからなるべくさらっと書いて終わりにします。

還暦。めでたくもなんともない。ただただ自分がそんな歳になったことが信じられない。その現実に押し潰されてしまいそう。思い描いていた六十歳と、今の自分との激しいギャップ。もっと大人のイメージだったのになあ。人生経験を重ね、立派な人になっていると思うじゃないですか。今の僕のどこが立派だというのか。人間としても脚本家としても未熟の一言。大人の風格などどこにもない。いまだに煩悩の塊。落ち着きはなく、どちらかと言えば挙動不審。とりわけ、いいことも言わない。

とはいえ、そんな自分に納得している部分も実はある。偉そうに見えないように極力注意を払って生きてきた。その努力が実ったと言えなくもない。脚本家としては、尊敬されていいことなど一つもない。大家の書いた台本に口を挟める関係者は少ない。それではいい作品は出来ない。

普段から、細心の注意を払って小物感を醸し出す努力をしている甲斐《かい》あって、スタッフは遠慮なく台本に注文をつけてくれる。ありがたいことだ（それでも多少の気は使ってくれているでしょうが）。

この威厳なき六十歳は、望んで勝ち得たもの。だとしてもここまで成長がないとは思わなかった。精神年齢は大学時代で止まったまま。積み重ねのない人生。

誕生日当日。家族が祝ってくれた以外には、これといったイベントはなかった。淡々といつものようにその日は過ぎ、そして淡々と僕は六十になった。

# 「伏線」は楽しくて難しい

息子とDVDで映画「ホーム・アローン」を観《み》た。マコーレー・カルキン君がひたすら可愛い。一人で留守番しているカルキン君が二人組の泥棒と対決。子供が主人公ということでなんとなく敬遠していたが、脚本も練られていて、楽しめた。泥棒たちの撃退のされ方が、コントというかアニメみたいでびっくり。

少年の日常が描かれる前半部分で様々な伏線が張られ、それが後半の泥棒とのバトルで効いてくる。

伏線好きの僕としてはたまらない趣向だけど、残念なところもあった。伏線が分かりやす過ぎるのだ。泥棒退治が見せ場だと分かって観ているせいもあるが、（あ、この○○、きっと泥棒をやっつける時に使うんだろうな）と読めてしまう。

例えば劇中で、留守番中の主人公がギャング映画のビデオを観るシーンがある。この劇中劇というか映画中映画がわりとたっぷり流れる。それが後半どう関わってくるのかまでは分からないけど、何かあるなと思わないわけにはいかない。案の定、そのビデオは後で大活躍。それ自体は爆笑ものなのだけど、このまるで（後で面白いことが起こるから、ここは覚えておいて下さいね）と言われている感じがどうにも興醒《きょうざ》めなのである。

それが伏線であることを観客に悟らせないようにするのが、脚本家の腕前。伏線が回収された時に初めて（そうか。あのシーンは伏線だったんだ）と気づいてもらうのが理想だ。そのためにはどうすればいいのか。

いろんな手法があるけど、分かりやすいのはダブルミーニングという手。文字通り二つの意味を持たせる。

先のビデオのシーンなら、例えばその映画は以前、家族全員で観たもので、それを今は一人で観ている自分がいる。無性に寂しくなるカルキン、みたいな描写を入れる。そうすれば（ビデオのシーンは少年の寂しさを表現するために挿入されたんだな）と観客は思ってくれる。その本当の意味にまで思いが至らず、だからクライマックスで伏線が回収された時、「ああなるほど！」となるわけである。

言うのは簡単だけど、実際に伏線を張るのはなかなか難しい。僕も脚本を書く時によくやるけど、うまくいくことは稀《まれ》だ。

大河ドラマ「新選組！」で第十三回に打った伏線を第四十九回の最終回で回収したことがあっ

た。香取慎吾さん演じる近藤勇とその仲間たちが京へ上る時、道中で寺の壁に描いたいたずら描きを、数年後にその中の一人原田左之助（山本太郎さん）が見つける。楽しかった青春の象徴。それをきっかけに、逃亡中の左之助は囚《とら》われの近藤を助けに江戸に戻っていく。

ただしこれは十三回の執筆時には伏線のつもりで書いたわけではなく、最終回を書いている時に、左之助が助けに行くきっかけを考えていて、そうだ、あの落書きを再登場させようと思いついた。ドラマ史上最長の飛距離（？）を持つ伏線として、視聴者の皆さんは喜んで下さったようだけど、タネを明かせば、そういうこと。伏線って意外と後付けのものも多いのです。

# 風雲児たちは生き続ける

漫画家のみなもと太郎先生が亡くなった（二〇二一年八月七日没）。

初めてお会いしたのは、大河ドラマ「新選組！」の台本を書いていた頃。僕の新選組の原体験は、小学生の時に読んだみなもと先生の「冗談新選組」であり、それをインタビューで語ったのがきっかけで対談が実現した。

子供の頃、あまり漫画を読む方ではなかったが、先生の「ホモホモ7」は大好きだった。007ばりのスパイ活劇コメディーで、生まれて初めて僕はパロディーというものを知った。手塚治虫や赤塚不二夫とは違う、どこかクールでドライな感じが新鮮だった。

そして「ハムレット」から始まる、世界の名作を換骨奪胎したシリーズ。「レ・ミゼラブル」も「モンテ・クリスト伯」も原作のエッセンスを損なわず、ギャグ漫画に昇華させた奇跡のような作品だった。もっとも当時の僕は原作の完訳版は読んだことがなかったけど。

「冗談新選組」はその延長線上にある。名作をアレンジする手法を使って、先生は歴史そのものをギャグ漫画にしてしまった。そしてそれはそのまま先生の代表作「風雲児たち」に受け継がれていく。

「冗談新選組」に登場する「ややこしい時代をますますややこしくした男たちの物語」というフレーズは、僕が「新選組！」を書く時の指針となった。みなもと先生に出会ってなければ、僕の「新選組！」はない。

ちなみに先生の作品には同じ顔のキャラクターがいろんな物語に登場する。まるで馴染《なじ》みの俳優が揃《そろ》った劇団の公演を見ているようで、それが楽しかった。お気に入りは「レ・ミゼラブル」ではジャベール、「冗談新選組」では近藤勇を演じた、通称大口。

先生の初対面の印象が、想像以上にお若かったのを覚えている。僕が小学生の頃から、第一線で活躍されていたので七十歳はとっくに過ぎていらっしゃるかと思ったら、目の前に現れた先生は、飄々《ひょうひょう》とされていたが全く枯れてはおらず、むしろ底知れぬマグマのようなものを感じた。お歳《とし》を伺えば五十六歳。つまり二十代前半で既に売れっ子だったのだ。

一九七九年から連載が開始された「風雲児たち」は四十年以上にわたって僕らを楽しませ、先生の死によって完結を待たずに終わった。関ケ原の戦いから始まる大河漫画。本来は幕末を描くことがテーマだったが、結局物語の中で明治維新を迎えることはなかった。僕はその中の一エピソードをドラマ化し、別のエピソードを歌舞伎にした。歌舞伎好きだったみなもと先生はとても気に入ってくださり、舞台稽古も初日も千秋楽もご覧になられた。

　僕らはもう「風雲児たち」の新作を読むことは出来なくなった。未完で終わったことで、みなもと先生によって蘇《よみがえ》った幕末の風雲児たちは、作品の中では決して訪れることのない明治に向かって、永遠に生き続けることになった。

　新選組のメンバーたちは、「風雲児たち」にはまだ本格的に登場していない。彼らは自分たちの出番をまだかまだかと、今も楽屋で待ち続けている。

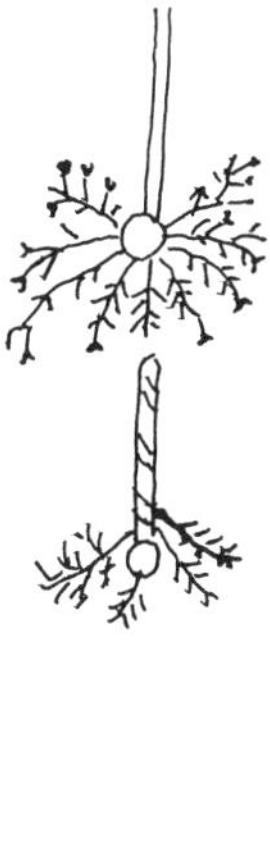

# 萬長さん、会えてよかった

訃報《ふほう》が続く。辻萬長《つじかずなが》さん（二〇二一年八月十八日没）。映像でしか辻萬長さんを知らない人は、軍人役や刑事役のイメージが強いかもしれない。いかつい風貌《ふうぼう》と野太い声が印象的で、確かに映画やテレビではそういう役が多かった。しかし萬長さんはもちろんそれだけの人ではない。

メインの活躍の場は舞台だった。演劇に携わる者のおそらくほとんどは、畏敬《いけい》の念とともにその名を口にしたはず。僕らが尊敬してやまない大先輩の浅野和之さんが、生きる上の指針とした存在。それが辻萬長さん、通称バンチョーさんだ。

三年前（二〇一八年）の夏、僕は「記憶にございません！」の撮影で砧《きぬた》の東宝スタジオに通っていた。当時、大河ドラマ「いだてん」も同じ場所で撮影されており、出演中のバンチョーさんにエレベーターで遭遇した。お話しするのはその時が初めて。バンチョーさんは「僕はね、いろんな人と仕事をしてきました。後は三谷、君の作品に出るのが、人生最後の夢なんだ」とおっしやった。リップサービスとは思ったけど光栄だった。そして言葉遣いはとても丁寧なのに、初対面でいきなり呼び捨てされたのがおかしかった。同志として認めてくれたような気がした。

「本当ですか。真に受けますよ」と僕は答えた。二年後に予定されていた舞台「大地」に出演オファーしたのは、そのすぐ後。まだストーリーも登場人物も決まっていなかったけど、こうしてバンチョーさんの出演が決まった。

結局バンチョーさんとの仕事は「大地」が最初で最後になってしまった。揺るぎない演技力と存在感、品の良さ、そして溢《あふ》れ出る茶目《ちゃめ》っ気。自分で言うのもなんだけど、バンチョーさんは僕の作品に合っていたと思う。一本だけになってしまったのが悔しい。

来年（二〇二二年）の大河「鎌倉殿の13人」にも出て頂く予定だった。伊豆の豪族、伊東祐親《すけちか》。大河ドラマ出演歴は多いけど、これまであまり大きな役はされてこなかったバンチョーさん。僕はドラマの前半で、主人公北条義時の前に立ちはだかる最重要な役を、バンチョーさんに当てて書いた。

ご本人もすごく乗り気で、衣装合わせも終わらせていたのに残念でならない。バンチョーさんは最後の最後まで悩まれていた。役に対する意気込みは相当だった。僕の期待に応えてやりたいという思いもあっただろう。でも現場に迷惑をかけるわけにはいかない。プロの役者として、バンチョーさんは苦渋の決断をされた（ちなみに代役は浅野和之さん）。

降板が決まった後、所属する事務所の渡辺ミキ社長を通して、メールのやり取りをした。この先、バンチョーさんとやってみたい仕事のいくつかをご本人に伝えた。とても喜んで下さって、「三谷、俺は不死鳥だ」と返事をくれた。それがご自分の名前に掛けた洒落《しゃれ》だとはすぐに気づかなかった。バンチョーとフシチョー。ちょっと無理があった。

バンチョーさんは、ずっと僕を「三谷」と呼んでくれた。演劇に携わる人間としてこれ以上の誇りはありません。お疲れ様でした、バンチョーさん。

# おおらかで知的なイデ隊員

二瓶正也《にへいまさなり》さんが亡くなった（二〇二一年八月二十一日没）。僕の作品に関わって頂いた人たちの訃報《ふほう》が続く。こっちも年齢を重ねているわけだから、仕方ないといえば仕方ないが、やはり寂しい。

二瓶さんには一九九七年のドラマ「総理と呼ばないで」に出て頂いた。田村正和総理を守るSP役。台詞《せりふ》は少ないけど、常に総理の側にいて、立っているだけで総理に（そして視聴者にも）安心感を与えなければならない重要な役。がっしりした体格と、黙っていても実直な人柄がにじみ出る俳優ということで、真っ先に二瓶さんが浮かんだ。

当時はドラマのお仕事をあまりされていなかったはず。確か年齢も六十歳近くて、SPにしてはいささか高齢すぎたけど、僕としてはあの役は二瓶さん以外に考えられなかった。八人の総理に仕え、まもなく引退を考えているという設定にして、半ば強引にお願いしたのを覚えている。

久々にドラマで観《み》る二瓶さん。彫りの深い顔立ちのせいか、画面に登場すると、いきなりハリウッド映画のような空気が流れる。実際にお会いしたらイメージよりも若干小柄だった。大きく見えるのは身体のバランスが良いから。そして僕にとって二瓶さんといえば、何と言ってもあの笑顔。一瞬にして周囲を幸せにしてしまうパワー。それはテレビで見た時と同じだった。

あまり役作りをせずに、その場のノリで演じるタイプの俳優さんかと思っていたが、現場の様子を見ていると、どうもそうではないようだった。台本を読み込み、動き一つ一つに意味を持たせて丁寧に演じていく、そんな風に見えた。理論派なのだ。

二瓶さんといえば、僕の世代だともちろん初代「ウルトラマン」のイデ隊員だ。明るくてお茶《ちゃ》目《め》で科学特捜隊のムードメーカー。子供たちは皆、イデ隊員のことが大好きだった。お調子者キャラは大抵、仲間の足を引っ張る役割なのにイデ隊員はそうではなかった。たまにしくじりもするけど、彼は誰よりも頭が良く、理知的だ。様々な武器を発明して怪獣退治に一役買う。そこが格好良かった。

今思えばイデ隊員の個性には、二瓶さんご自身の、意外と言っては失礼だが、そんな知的な部分も反映されていたのではないだろうか。

二瓶さんは日本映画の黄金期に、沢山《たくさん》の作品に出演されている。例えば岡本喜八《きはち》監督の「殺人狂時代」。出番は少ないけど、自衛隊の制服姿で二瓶さんが登場するとやはり空気が変わり、映画全体が底抜けに明るくなる。しかも二瓶さんは全く違うシーンに、全く違う役でシレッと登場する。これは二役ということなのだろうか。舞台ではよくあることだが、映画ではあまり見かけない。おおらかな時代だったのだろう。二瓶さんは、おおらかな時代を駆け抜けたおおらかな俳優さんだった。

悲しい話が続いてしまいましたが、ここで一つ前向きなお知らせ。

「ウルトラマン」でイデ隊員と人気を二分したのが、毒蝮《どくまむし》三太夫さん演じるアラシ隊員。その毒蝮さんとこの度、共演させて頂きました。天海祐希さん主演映画「老後の資金がありません！」。

その話はまた改めて。

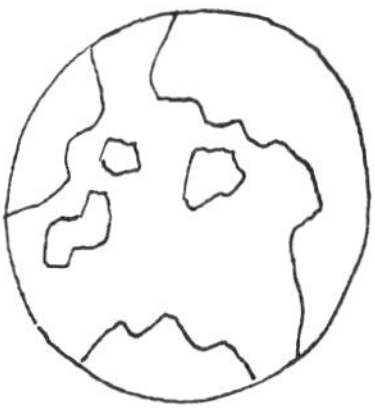

# 母八十六歳、目下の楽しみは

母は今年で八十六歳になった。我が家の近所のマンションに一人で暮らしている。数年前に腰を痛めてから、ほとんど外出しなくなった。室内を杖を使いながらゆっくり歩く姿を見ると、さすがに歳《とし》を取ったな、と感じる。

僕が子供の頃、当時小さなクラブを経営していた母は、お店のお客さんを家に招いては、よくパーティーを開いていた。母は酔っ払っては庭の木に登り、楽しそうに奇声を上げていた。母といえば、木に登る印象があるので、今の姿が僕の目にはとても奇異に映る。

というのも、動作はゆっくりになったが、母の見た目はそう昔と変わらないからだ。猫背になったので、若い頃より背は縮んだが、ソファに座っている分にはそれほど変化はない。頭もしっかりしている。スマホやパソコンは僕以上に使いこなしている。先日、孫から、カードゲームのウノのやり方を教えてもらっていた。人生初めてのウノに戸惑いながらも、母はすぐにルールを覚えた。リバースとスキップの違いだけはなかなか頭に入らなかったようだが、それは僕もたまに間違える。

母の自慢は、僕の作る芝居を劇団の旗揚げ公演から全て観《み》ている、唯一の人類であること。腰のせいで長く椅子に座っているのが困難になり、さすがに劇場に足を運ぶのは難しくなった。最後に生で観たのは二年前（二〇一九年）、歌舞伎座で上演した「月光露針路日本《つきあかりめざすふるさと》　風雲児たち」。それ以降の作品も映像で観ている。先日配信された「日本の歴史」の再演版は、「初演の川平慈英さんも良かったけど、瀬戸康史さんも頑張っていた」と褒めていた。僕の映画やテレビドラマも網羅している。それだけではない。母の部屋にあるビデオの録画リストには、僕が出演したバラエティーや情報番組のタイトルがずらりと並んでいる。

僕が仕事で頂いた表彰状関連のものも全部母の部屋にある。棚には日本アカデミー賞の賞状と「すべらない話」のＭＶＳのトロフィーが並んで飾られている。ちょっとしたミュージアムである。

僕が六十歳になった今、母は自分の息子が還暦を迎えたことをどう思っているのだろう。孫が出来てから、やたら僕の子供の頃の話をするようになった。最近の出来事はすぐ忘れるのに、五十年以上前のことは克明に覚えている。

こんなことがあった。近所に不審者が出たということで、母のマンションに警察が聞き込みに来た。どんな刑事さんだったか尋ねると、「結構年配の人やった。あんたより年上やと思う」と母。「僕より上となると、かなりのベテラン刑事だね」「ベテランて感じはしなかった。歳で言ったら五十くらいか」。母は僕をいくつと思っているのか。親にしてみれば、やはり子はいつまで経っても子供のままなのだろうか。

このところ、亡くなった人の話が続いていたので、これを読んで、母がこの世を去ったのかと思われた方もいるかもしれないが、そうではありません。いたって元気。今の楽しみは、孫の成長を見守ることと、来年僕が担当する大河ドラマを一年間、最終回まで観続けることだそうです。

# 手術から六年、元気です

このエッセーを書き始めて二十年以上になるが、第一回から今日に至るまで、自分なりに決めたルールがある。これは僕の日常雑記だ。つまり自分の身の回りに起きた出来事を書く。それも出来るだけ素直にありのままに（多少の文学的誇張はお許しを）。プライベートでいろんなことがあったけれど、どんな時も避けずに、この場で報告してきたつもりだ。

でもひとつだけ、書かなかったことがある。今から約六年前。二〇一六年のあたまに、僕はがんの手術をした。前立腺がん。時期としては大河ドラマ「真田丸」の年だ。今だから明かすが、僕はあのホンの大半をがんの治療をしながら書いた。第一回のオンエアは病室で観《み》たのを覚えている。

病気が病気だけに、周囲に心配を掛けたくなかった。だからごく一部の人にしか伝えなかった。手術はうまくいったが、それで終わったわけではない。主治医の先生と相談し、手術から六年が経つということもあって、ようやく皆さんにご報告することにした。ただし完治という言葉は使わないらしい。僕は一生、この病気と向かい合っていくことが決まっている。

ごく一部の人にしか伝えなかったと書いたが、この六年で結構大勢の人に、「ここだけの話、実はね……」と告白した気がする。僕の周りの人たちは、何を今さらと思っているかもしれない。でもこの連載の読者の方々は、今、これを読んでびっくりされていることと思います。隠していてごめんなさい。

安心して欲しいのだが、前立腺がんは比較的治りやすく、そして僕の場合は早期発見だったので、決してシリアスな状況ではなかった。この病気に関わって辛《つら》いと感じたのは、手術当日の朝の浣腸《かんちょう》の時くらい。病気の発見から手術、そして今日に至るまで、僕は自分が死んでしまうんじゃないかと不安になったことは一度もない。

二〇一四年に「おやじの背中」というオムニバスドラマを書いた時、小林隆演じる主人公が前立腺がん患者という設定にした。

監修してくれた東京慈恵《じけい》会医科大学の頴川晋《えがわしん》先生に取材している中で、僕自身も人間ドックで前立腺がんの腫瘍《しゅよう》マーカーの数値がやや高かった話をした。さほど気にするほどの数値ではなかったが、先生は長年の経験から「直感」で僕に検査を勧めた。生検を行った結果、ごく初期のがんが見つかる。あのドラマを書いていなかったら、頴川先生との出会いもなかったわけで、運命というのはつくづく不思議なものだ。

そんな前立腺がんにまつわるあれこれを語った、僕と顋川先生の対談が本になった。タイトルは『ボクもたまにはがんになる』。

この病気に罹《かか》ると、どんな検査をして、どんな治療をして、どんな決断をして、どんな未来が待っているか。読めば全てわかるはず。早期発見さえ出来れば、この病気は怖くないということを沢山《たくさん》の人に知って欲しい。前立腺がんのイメージを変えたい。そんな思いの詰まった本。もちろん僕が関わっているからには、一ページに少なくとも一回は笑えるようにしてみました。ご興味のある方はぜひ。

# 草笛さんと共演する幸せ

現在（二〇二一年）公開中の天海祐希さん主演映画「老後の資金がありません！」には、僕も出演している。

森口という区役所の職員の役。出番はワンシーンだけど、ちゃんと台詞《せりふ》もあって、僕の映画「記憶にございません！」でいえば、ニュースキャスター役の有働由美子《うどうゆみこ》さんくらい活躍する。誰が僕のキャスティングを思いついたか分からないけど、主演が天海さんで、大好きな草笛光子さんも出演しているとなれば、断る理由はなかった。

当然だが、僕は俳優ではない。ウィキペディアを調べると、肩書に俳優、しかもコメディアンと書いてある（執筆時）。大きな間違いだ。確かに劇団時代はたまに自分の作品に出演していたし、最近もお呼びがかかれば役者の仕事をしたりもする。でも才能のある俳優さんを沢山《たくさん》見てきている僕は、とても自分を彼らと同じ「俳優」と呼ぶ気にはなれない。

映画に出るのは、様々な現場を体験して、自分が監督する時の参考にしようという目論見《もくろみ》があったればこそ。ちなみによく誤解されるけど、僕は自分が演出する映画には出演したことがない。馴染《なじ》みのスタッフの前で演技する恥ずかしさに耐えられないから。

「老後の資金がありません！」の撮影は二年前（二〇一九年）。コロナ禍になってしまったので、ずいぶんと上映が遅れた。毎日のようにテレビに出て宣伝活動を頑張っている天海さん。公開されて良かったですね。

撮影の様子は昨日のことのように覚えている。何が光栄だったかといえば、あの草笛光子さんと共演できたこと。舞台「ロスト・イン・ヨンカーズ」に出て頂いてからのご縁。ドラマにも何本も出演してもらったし、プライベートでお会いして、焼き肉をご馳走《ちそう》になったことも。僕としては市川崑《いちかわこん》監督の映画に出てらっしゃった頃からの大ファン。まさに日本を代表する大女優と芝居で絡めるのだから、役者冥利《みょうり》に尽きるというものだ（役者ではないけど）。

草笛さんは、よく昔の舞台や映画の現場の話をしてくれる。森繁久弥さんや三木のり平さんといった往年の大コメディアンとのエピソードは、喜劇映画ファンにとってはまさに宝石箱だ。彼らがいかに才能に溢《あふ》れていて、いかに面白くて、かつ、いい加減だったか。草笛さんはそんな彼らに愛され、そして鍛えられてきたのだろう。

共演相手としての草笛光子さんは当然、素晴らしくチャーミングだった。僕がどんなにふざけた芝居をしても、きちんと受け止めてくださる。名だたるスターたちがどうして彼女との共演を望んだか分かったような気がした。草笛さんと芝居をしながら（キス寸前まで顔を近づけるシーンもある）、僕はその瞳の向こうに喜劇の黄金時代を築いた大先輩たちの姿を見た。幸せな気分になれた現場だった。

自分が演技しているところをスクリーンで見る勇気はないので、実は完成品は見ていない。前田哲監督によるこの最新喜劇映画の中でも、僕の登場する場面はかなり笑いが起きているそうだ。喜劇に関わっている人間としては、これ以上の喜びはない。ぜひ皆さん、僕の代わりに劇場で確かめてきてください。

# 大河ドラマは「室内劇」だ

来年（二〇二二年）の大河ドラマ「鎌倉殿の13人」の執筆が続いている。やはり幕末や戦国に比べ馴染《なじ》みがない分、鎌倉時代は難しい。毎回、苦しみながら書いている。

とはいえ僕は幸せ者。子供の頃から日曜の夜はＮＨＫの大河ドラマを観《み》るというのがわが家の習慣だった。歴史好きになったのはこの習慣のおかげ。そんな僕がこんなに何度も大河を書かせてもらえるなんて。全く夢のような話ではないか。

初めて大河を知ったのが一九七二年の「新・平家物語」。初めて一年通して観たのが七三年の「国盗《くにと》り物語」。いちばんはまったのが七八年「黄金の日日」。もっとも好きな主人公が七七年「花神」の村田蔵六。自分が大河を書く上でひとつの目標としているのが八〇年の「獅子の時代」。他にも脚本家として影響を受けた作品は山ほどある。

大河ドラマといえば、オールスターキャストで予算も掛けた超豪華ドラマというのが、一般の印象だろう。実際にそうなのだが、僕が夢中になって観ていた頃の大河は違っていた。基本はスタジオ収録。どんなに壮大なシーンも極力セットで撮る。関ケ原の戦いも、鳥羽伏見の戦いも全部セット。数万の軍勢のぶつかり合いを十数人のエキストラでやりくりする。決して豪華絢爛《けんらん》な歴史絵巻ではない。

強烈に印象に残る「国盗り物語」の最終回。山崎の合戦で敗れた明智光秀（近藤正臣さん）が山中で農民の槍《やり》に倒れ、崖を転がり落ちて谷間で息絶える。そしてカメラはどんどん引いていき、やがて俯瞰《ふかん》となり森全体を映し出す。その壮大なラストシーンも、現存している映像を観ると、すべてセットなのである。

お金はかけないけど（もちろん通常のドラマよりはかかってはいる。スケールの大きな歴史ドラマとしては、という意味）、それでも面白い作品を作ってみせるという気迫が画面から伝わって来た。映像に凝れない代わりに、脚本は練りに練られた。一年間夢中になれるだけの魅力的な物語が、毎年紡がれていった。

そしてその伝統は今も受け継がれている。僕が初めて関わった二〇〇四年の「新選組！」は戦の場面がチープだと批判されたが、大河だから構わないのである。むしろ大河らしいのである。

最近はロケのシーンも多くなり、ＶＦＸ（視覚効果）も進化。絵的にもゴージャスになってきた。今年の「青天を衝《つ》け」も主人公の故郷血洗島村の描写はダイナミックで素晴らしかった。とはいえ大河はセット撮影が基本だと僕は考える。本質は室内劇なのである。

来年の前半は頼朝挙兵から始まる源平合戦。一ノ谷《いちのたに》の合戦や壇ノ浦《だんのうら》の戦いなど迫力ある戦闘シーンが目白押し。新たな撮影方式も導入されて、映画レベルの凄《すご》い映像をお届け出来るはず。その上で僕は大河の伝統に従い、映像に負けない、こてこての台詞《せりふ》劇を書いている。

今後大河を書く人のために、一応ご報告しておきます。正直に告白しますが、「鎌倉殿の13人」の台本執筆は当初の予定より遅れていますが、それでも少しずつ前進。まもなく折り返し点に入ります。

# わが青春の「あなただけ今晩は」

ブルーレイでビリー・ワイルダー監督の「あなただけ今晩は」が発売された（二〇二一年十月二十九日発売）。嬉《うれ》しいのはテレビ放送された際の日本語吹き替え版が収録されていること。つまり僕が初めてこの作品を観《み》た時のバージョンなのだ。

主演のジャック・レモンが愛川欽也さん、シャーリー・マクレーンが小原乃梨子さん。ずいぶん前に、テレビの深夜放送で「ノーカット洋画劇場」という触れ込みで（タイトルは違うかもしれない）オンエアされた時もこのバージョンだった。DVDもブルーレイもなかった時代。好きな映画はテレビで放送されるのを待つしかなく、しかもノーカット版は非常に貴重だった時代の話だ。

「あなただけ今晩は」はある意味、僕の青春の映画だ。大学生の時、池袋の文芸坐でビリー・ワイルダー特集があり、真夜中の上映を観て始発電車で帰ってきた。客席はワイルダーファンでいっぽい。クライマックスでジャック・レモンが○○から自力で○○するシーンと、その後の川の中から○○するシーンでは拍手が巻き起こった。

融通の利かない生真面目な警官、気のいい娼婦《しょうふ》、ギャング、面倒見のいい酒場のマスター、謎の英国紳士……。愛すべき登場人物たち。舞台となるパリの娼婦街のセットは人工的で、そこで巻き起こる出来事も人工的。ドラマというより「物語」という言葉がふさわしい世界。それが当時の僕にぴったりはまった。

ニューヨークを舞台にしたリアルな喜劇「アパートの鍵貸します」の後に、同じ役者を使ってこの非リアルな「あなただけ今晩は」を作ったワイルダーの心意気。こんな「物語」を自分も作りたいと思った。

そんなわけで劇団で上演した初期の作品は、ほとんどが「あなただけ今晩は」の影響下にある。ドラマ「王様のレストラン」の「これはまた別の話」というナレーションは、この映画の名台詞《ぜりふ》からの引用。映画「ザ・マジックアワー」を作った時も、舞台となる街並みのセットは、かなり「あなただけ今晩は」を参考にさせて貰《もら》った。つまり僕にとってはなくてはならない作品なのだ。

改めて観直すと、最近の映画とは比べ物にならないくらい、テンポが緩い。でもゆっくりとページをめくっていくようなそのリズムが、無性に心地良い。そしてテンポはゆっくりなのに、ジャック・レモンとシャーリー・マクレーンの出会いから二人が結ばれるまでの、いわゆる導入部は非常にサクサクと進む。僕が書いたら、数カ月にわたるお話になりそうなところを、ほぼ一日の出来事として描いてしまう。それでいて何の違和感も覚えない。まさに台本の妙。名監督である前に名脚本家だったワイルダー。脚本家が映画を撮っているというスタンスを生涯崩さなかったワイルダーは、やはり僕の目標だ。

観る度に思い出すのが、ワイルダー監督本人にお会いした時のこと。映画館で拍手が起こった話をしたら、「日本人は変わっている。私はあの映画は大嫌いだ」とワイルダー。偏屈で皮肉屋で有名な彼らしい一言だが、思っていても言うかなあ。それでも僕にとっては大切な一本なのである。

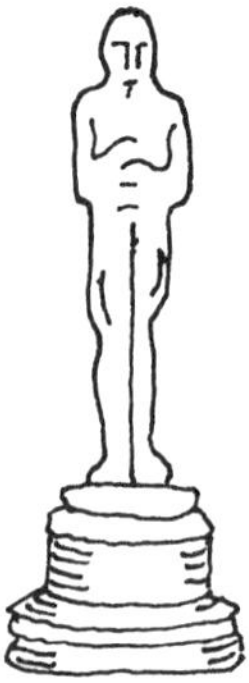

# 目の前に「曽我兄弟」の壁

夜九時に寝て、夜中の三時に起きる。そして大河の執筆。これが最近のルーティーンだ。

昔から朝派だった。学生の頃、試験の時は必ず一夜漬け。前の日にならないと勉強する気が起きない。それがだんだんエスカレート。前の日になってもやる気が起きなくなり、当日の朝になって初めて机の前に座る。一夜漬けを通り越して、まさに朝漬け。その頃の名残で、いまだに原稿を書くのは朝が多い。

息子が小学生になり、親子で過ごすことが少なくなった。彼が寝る前、ベッドの中で二人で語り合う時間は、僕らにとって貴重だ。悩みを聞いたり、本を読んであげたり、僕の創作物語を即興で聞かせたり。息子は八時半には床につくので、僕も一緒に横になり、そのまま寝てしまう。そして三時に目を覚まし、パソコンに向かうわけである。

今日はこのエッセーを書くために少し早く起きた。今は深夜の二時四十分。家族は寝静まり、脇のソファでは二匹のイヌが寝息を立てている。

昨日のことだ。このところ執筆は順調に進んでいたのだが、突然壁にぶち当たった。

鎌倉時代に起きた、日本三大敵討ちの一つ「曽我事件」。これが難題。ちなみに後の二つは忠臣蔵と、荒木又右衛門《あらきまたえもん》が出てくる「決闘鍵屋の辻」。忠臣蔵に比べて他の二つはやや知名度に欠ける。「曽我事件」は歌舞伎ではよく上演されているが、どんな事件だったか、詳しく説明できる人は少ないだろう。

曽我十郎《そがじゅうろう》・五郎《ごろう》の兄弟が父親の敵を討つのだけど、十郎の方がお兄さんで五郎が弟というところからややこしい。そもそも信頼できる資料が少なすぎる。黒幕はいないのか、いたとしたら誰なのか。事件のあったのが富士野で行われた巻き狩りの最中。巻き狩りというのは、御家人たちが勢ぞろいして皆で鹿とか猪《いのしし》を捕まえる一大イベント。泊まりがけで何日にもわたって行われる壮大なお祭りだ。今で言ったら、フジロックフェスティバルですよ。そんなど派手なところで、なぜ敵討ちをしなければならなかったのか。

本当は触れたくなかった。だって今、僕が描いているのは源頼朝と北条義時の物語。そんなところで寄り道している暇はない。ところがそうもいかないのです。

この事件、本来の目的は源頼朝暗殺ではないかとも言われている。そうなると、もう敵討ちですらなくなってくるのだが、大衆の中での要人暗殺となれば、ちょっとジョン・F・ケネディ暗殺にも似てきて、だから面白いか面白くないかで言えば、めっぽう面白いのだ。

しかも、この曽我兄弟。実は今回のドラマの主人公北条義時とは深い繋《つな》がりがある。彼らのお父さんと義時のお母さんは兄妹。敵討ちの相手、つまり彼らのお父さんを殺した男は、義時のお母さんの姉妹の元結婚相手。関係者のほとんどが、義時の親戚なのである。これはもう描くしかないではないか。

資料は少なく、謎だらけの「曽我事件」。一体どう描く。朝の四時。そんなわけで僕の筆ははったり止まってしまった（地味な話ですが続きます）。

# 先輩の言葉は「天の助け」

夜明けを前に大河ドラマを書いていた筆がぴたっと止まってしまう。謎多き「曽我兄弟事件」。これをどう自然にドラマに取り込むか。なかなかいい知恵が浮かばず、パソコンの前で悶々《もんもん》と過ごす。一行も進まずに迎える朝の虚《むな》しさは筆舌に尽くし難い。幸いまだ時間はある。頑張れ、自分。

アイデアが浮かばない時にすることは二種類。一つ目は「シャワーを浴びる」。頭から熱いお湯を浴びている間は何も浮かばないが、身体をバスタオルで拭いていると不思議にアイデアが湧くことがある。拭くことに専念しているので、頭がいったん、リセットされるのだろう。だが、今日はダメ。寝る前に既にシャワーを浴びている。一晩のうちに二度はいくら綺麗《きれい》好きでも浴びすぎだろう。

もう一つが「散歩」。近所に住宅街の中を一直線に通る小さな車道がある。約三百メートルの道のりはとにかく真っすぐ。それは、歩くだけで不思議とひらめく不思議な道。勝手にアイデア通りと呼んでいる。ここぞという時に僕はその道を歩くことにしているが、はたして今はどうか。外はまだ真っ暗。散歩には寒すぎる。これも却下。

なす術《すべ》もなく、自分の部屋を歩き回る。ふと、本棚に目が行く。目線の先には向田邦子全集。脚本家としての目標なので、十年ほど前に全巻購入したが、世間では向田さんといえば脚本家ではなく小説家なのか、ここにはシナリオが一本も含まれていない。それが不満。その別巻が対談集になっていて、何気なく手に取ってみた。

毎日背表紙は目にしているのに、なぜその時に限ってそうしたのかは分からない。吸い寄せられるように本を摑《つか》み、ぱらぱらとめくってみる。和田誠さんとの対談が載っていた。読んだはずだが、どんな内容だったか忘れている。

和田さんが『キネマ旬報』で連載されていた対談シリーズで、向田さんがゲストの回。お二人はこの時がほとんど初対面。和田さんの追記によれば、この対談の校正刷りが出た直後に向田さんは不帰の人となられたらしい。

内容は『キネマ旬報』なので、映画にまつわるお話。向田さんがどんな映画を好まれていたか分かって興味深い。洋画に登場するキッチンについて熱く語るところなど、なんだかとても向田さんらしい。つい己の状況を忘れて読みふける。いけない、今は読んでいる場合ではない。

本を閉じようとした瞬間、向田さんがシナリオ執筆に悩んだ時のことを語り始めた。「自分は締め切りの夜にならないと書けない」「書けば早いのは分かっているので、どうしてもギリギリになってしまう」、あまりに僕と重なるので呆然《ぼうぜん》。「もうちょっと考えるといい考えが浮かびそうだから」という理由で、締め切りを延ばしてしまう向田さん。まるで今の僕。そしてホンが遅れた時のちょっとした対処法まで、彼女は教えてくれた。

向田さんに励まされた気分。「ありがとうございます」と心の中で礼を言い、僕は再びパソコンに向かった。とはいえ、それで筆が進むほど世の中は甘くない。それでも気分は爽快。さて朝までにどれだけ書き進められるか。

# パニック大作B級の魅力

大河ドラマ執筆の合間に来年後半の仕事の参考にと、パニック映画の名作をDVDで観返《みかえ》す。大好きな「ポセイドン・アドベンチャー」に「タワーリング・インフェルノ」。これら災害ものは、同時に群像劇でもある。複数の物語が同時進行する「グランドホテル形式」を、僕はこれらの作品で覚えた。

決して名作ではないが愛して止まないのが「エアポート'77」。アーサー・ヘイリー原作の「大空港」は久々のハリウッド大作として大ヒット。余勢を駆ってシリーズ化、全四作が作られた。'77」はその三作目。シリーズといっても話が繋《つな》がっているわけではなく、どれも飛行機事故を扱っているというだけのざっくりしたもの。ジョージ・ケネディ扮するパトローニさんという飛行機事故対策のプロだけは毎回登場する（ただし役職はその都度違っていて、同一人物でない可能性あり）。

「'77」の特徴はキャスティングにある。事故に遭遇する旅客機のパイロットがなんとジャック・レモン。小市民を演じているイメージが強いが、ここではアクションスターばりの大活躍。こんなにタフでモテるジャック・レモンは観たことがない。そういう意味でとても貴重な作品だ。

乗客の中にはオリビア・デ・ハビランドやジョセフ・コットンといった往年の名優もいるけれど、レモンに次いで見せ場が多いのは「事件記者コルチャック」のダーレン・マクギャビン。やんちゃなおっさん役を得意とした人だ。それに加えてクールな流し目を今回もたっぷり堪能できる個性派女優リー・グラント。ドラキュラ俳優クリストファー・リーの姿も。つまり僕好みの役者さんが大挙この飛行機には乗っているのだ。

乗客を救うため奔走するレモンとマクギャビンのおっさんコンビ。はっきり言って物凄《ものすご》く地味である。どうしてこういうキャスティングになったのかさっぱり分からない。四十四年前に映画館で観た時、マニアックな映画少年であった僕は狂喜乱舞したものだが。

全体的に流れる溢《あふ》れんばかりのB級感。取ってつけたような人間ドラマ。しかしなぜかアクションシーンは物凄い。見せ場の連続である。

レモン機長が操縦するこの飛行機はハイジャックされ、その上に魔のバミューダ海域に不時着、さらにそのまま海底に没してしまうのである。航空パニック映画は数あれど、ここまで追い詰められた機長はレモンくらいではないだろうか。

クライマックスは、沈んだ飛行機をいかに海上まで浮上させるかの大作戦。取ってつけたような人間ドラマは案の定、もうどうでもよくなってくる。ラスト三十分はまさに手に汗握る展開で、これはひょっとすると映画史上最悪のディザスター（災難）が展開するのではないかと、本気で心配するほどの緊迫感。本物の軍艦も登場するし、お金はかかっているのである。でもなぜかキッチュ。だから愛《いとお》しい。

監督はジェリー・ジェームソン。タイタニック号を浮上させる「レイズ・ザ・タイタニック」も作っている。よほど浮上させるのが好きなのだろう。

# ギックリ腰になったのじゃ

今年（二〇二一年）ももうすぐ終わろうとしているこの時期に、ギックリ腰になってしまった。大河の執筆が続き、一日のほとんどをパソコンの前で過ごす。二時間書いてソファで三十分仮眠、そしてまた二時間執筆。三時間以上まとめて寝ることはほぼなかった。そんな暮らしを続けていたら、腰にガタが来た。これといったきっかけはない。徐々に徐々に痛みが増していき、身動きが取れなくなった。

立っている分には問題ない。座っている姿勢も大丈夫。しかし立ったり座ったりが出来ない。寝ることは可能でも寝返りは不可能。これまで頸椎《けいつい》ヘルニアになったことはあったが（これも職業病）、ギックリ腰がこんなにも辛《つら》いとは思わなかった。

周囲のギックリ経験者に相談に乗ってもらう。症状としては、実はそれほど重くはないらしい。本当に酷《ひど》い時は、立っていることもままならず、まさに「生きているだけで」痛いようだ。じっとしているると固まってしまうので、なるべく歩くようにと言われた。

イヌの散歩に出て、はたと気づく。歩くことは出来ても、腰を屈《かが》めることが出来ない。イヌのウンチを回収するのに一苦労。腰の負担にならないように、ゆっくりとひざを曲げてみるが、この姿勢では手が届かない。いったん、地べたに座ってみた。そして縁側で日向《ひなた》ぼっこをしているかの如《ごと》く、非常にのどかな感じでウンチを拾った。

手をついてゆっくりと起き上がる。これを数回繰り返すと疲れてしまうので、イヌたちに自分の状況を説明する。「そういうわけなので無闇《むやみ》に脱糞《だつぷん》するのはやめてくれないか。一回にまとめてくれるととても嬉《うれ》しい」。こういう時、イヌのチコとハーポは神妙に僕の話を聞いてくれる。どこまで伝わったか分からないが、その時から、散歩の時のウンチの回数は激減したので（その代わり、一回の量が倍増）、どうやら通じたらしい。

鍼《はり》を打ったり、コルセットをしたり、出来ることはなんでもやった。おかげで、痛みは数日でかなり減った。いつもの散歩コース（四キロほど）をイヌなしでゆっくり歩いてみる。腰に負担をかけないように歩くから、全身が疲労する。雨が降りそうなので持っていた傘が、杖代わりだ。

何かの拍子でその傘を落としてしまったら、通りかかった若い女性が、すかさず拾ってくれた。僕をすごくいたわってくれているのが分かった。生まれて初めて、老人として扱われた瞬間だった。悪くなかった。

遊歩道のベンチに座ろうと思ったら、サラリーマン風の男性が大股開きで腰掛け、電話をしていた。かなりのスペースを占領していて、僕の座る余地がない。そこでことさら腰の痛みを強調、「んむむむむ」と声なき声を発して、コントに出てくる爺《じじい》のように杖にすがりながら、よろよろとベンチに近づいてみた。

気づいた男はすかさず立ち上がり、僕にベンチを譲ってくれた。かなり年配の人に見えたのだろう。僕はしわがれ声で「すみませんな」とつぶやき、腰を下ろした。

ギックリ腰になったおかげで、この先、老人になるのがちょっと楽しみになった。

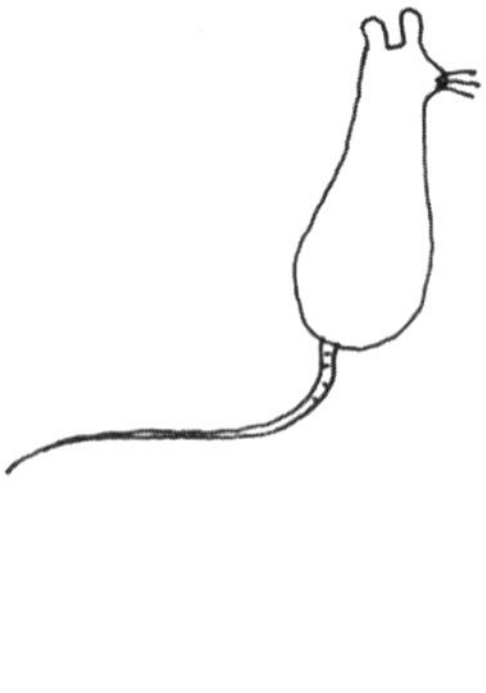

# 小栗義時、作者もワクワク

今年（二〇二一年）もあっという間に年の瀬。この一年はずっと大河を書いていた。表立った仕事としては、他には「日本の歴史」の再演くらいか。映画「老後の資金がありません！」に出させて頂いたけど、あれを撮ったのは一昨年。コロナ禍でだいぶ公開が遅れてしまった。評判も上々、しかも大ヒット。前田監督、おめでとうございます。

年明けからいよいよ「鎌倉殿の13人」が始まる。僕にとって三本目の大河ドラマ。幕末の「新選組！」、戦国の「真田丸」と来て、今度は鎌倉時代。大好きな大河を三本も書かせて貰《もら》えて、僕は果報者だ。ようやく「面白い大河とは何か」が見えてきた気がする。三本書かないと見えてこないとは、僕ほど大河に向いていない脚本家もいないのかもしれないが。

既に編集を終え、オンエアを待つだけの最初の数話を観《み》た。これまで僕が関わった中ではいちばん面白く出来ているように思う。

扱う題材はとてもハード。鎌倉初期は、騙《だま》し合いや、裏切りが続く暗黒の時代だ。基本的には史実には忠実に描き、記録に残っていない部分は想像力で埋めていく。

主人公の北条義時は、歴史的にはかなりダークな男。でもその悪行にも理由があったことをきちんと見せたい。とはいえ主人公だからって美化するつもりもない。容赦なく描く。なんといっても演じるのは小栗旬さん。どんなに難しい役でも必ず自分のものにしてしまう。深みのある「悪役」を演じてくれるはずだから。

もちろん僕が書くので笑いはある。でも決してそれがメインではない。きっとまた「おふざけ大河」とか批判する人が出てくるだろうけど、それは観ていない人たちの意見だと思ってスルー。「鎌倉殿の13人」は、笑えてワクワクしてゾクゾクして、この続きが早く観たいと思える、エンターテインメント大河だ。それこそが大河ドラマのあるべき姿だと僕は考える。

日曜日の夜に日本中の人々が観て、そして語り合う。そんなのはこのご時世、幻想に過ぎないとおっしゃる方もいるかもしれない。でも僕は信じている。もっと言うなら、今は幻想でも、このドラマがそれを現実にしてくれる。そのくらいのパワーが来年の大河にはあると思う。少々自画自賛めくが構わない。なぜならドラマは僕個人ものではなく、スタッフキャスト全員の力の結晶だから。

さて来年は、夏まで僕はこの作品に関わり、それ以降は、待ちに待った舞台や映画の仕事が控えている。以前やった舞台のリニューアル版がいくつかと、新作の準備。映画もそろそろ、コメディーとしての代表作を作りたいところ。

さらには二十数年ぶりの民放の連続ドラマの企画も動き始めている。これだけ間が空くと、さすがに気が引ける。僕より若くて才能に溢《あふ》れた脚本家が山ほどいる中、自分の居場所がテレビ界にあるのか。ところがそんな自分に話を振ってくれる奇特なプロデューサーが現れた。となれば彼・彼女の期待に応えるしかないではないか。

というわけで、よいお年をお迎え下さい。また来年。

# ブラボー！ 紅白歌合戦

昨年（二〇二一年）の大晦日《おおみそか》は、紅白歌合戦の審査員をやらせて頂いた。結論から先に書くと、とんでもなく感動しました。

歌手の皆さんはもちろんのこと、構成も演出も美術も照明も衣装も、そして短時間でセットチェンジを行う現場スタッフの方々も含めて、それはおそらく現在の日本における最高のチームによるステージ。十年前にも審査員を務めさせて頂き、その時も同じような感想を抱いたが、この十年でさらにエンターテインメントの世界は進歩したように思う。司会の大泉洋の言葉を借りるならば、「ブラボー！」。

全ての楽曲に触れたいのだが、文字数の関係で四曲だけ。

最初の興奮は郷ひろみさんが「2億4千万の瞳」を歌いながら客席奥から登場した時。全身から放たれる幸せオーラ。眩《まぶ》しすぎる。僕より歳上《としうえ》のはずだけど、動きは俊敏、声も高らか。まさに永遠の十代である。構成もいい。開会宣言などすっ飛ばして、いきなりの二曲め。これでもう観客の心は鷲掴《わしづか》みである。

松平健さんの「マツケンサンバⅡ」。ド派手なステージング。フェリーニの世界に紛れ込んだ暴れん坊将軍。ハイテンションで歌い切った後、大泉洋が「大河ドラマの頼朝と清盛がここで出会ったわけですね」と振ると、ものすごいローテンションで「同じシーンはなかったじゃない」と真顔で答える健さんに爆笑。

氷川きよしさん。美空ひばりの隠れた名曲「歌は我が命」を熱唱。実は歌の直前にセットが間に合わないというちょっとしたアクシデントがあったのだが、そんなことをものともしない、圧倒的歌唱力。一瞬たりとも目が離せなかった。録画を観《み》てみたら、なんと一曲丸々ワンカット。カメラは氷川さんを正面から捉え続ける。彼ならカット割りをしなくても、十分視聴者を釘付けに出来ると踏んだ、演出家の大英断。演者とスタッフとの信頼のなせる技だろう。

椎名林檎さんの人を食ったステージも最高でした。

司会進行の三人も素晴らしかった。淡々と進めながらも笑顔が温かい和久田アナ。全く動じる気配のない堂々たる川口春奈さん。

そして思いのほか、ちゃんと司会を務めていた大泉洋。真面目なところは真面目に、それでいてたまにはしゃぐ様子も、分別を心得ていて、立派になったなあと感心。エヴァンゲリオンのアニメの登場人物との掛け合いも良かったです。こういうのって、下手したらどん引きなんだけど、節度を踏まえたふざけっぷりが、まるでアメリカのアカデミー賞授賞式の一コマみたいに洒落《しやれ》ていた。全体を通して構成、演出、大変勉強になりました。

視聴率は低かったみたいだが、ずっと続いて欲しい大晦日の大イベント。ただ、歌合戦の「合戦」のイメージは既に何処《どこ》かへ消えてしまっていて、正直、ステージを観ながら、（今、観ているのは、紅組なんだろうか白組なんだろうか）と混乱した瞬間も度々あった。

でもそれでいいんだと思う。形を変え、コンセプトを変えながらも、続いて行って欲しい「紅白歌合戦」。大泉にはあと二十年くらい司会を続けてもらいたい。

# 「平家をぶっ潰すぜ！」

大河ドラマ「鎌倉殿の13人」が始まった。限りなくどす黒い時代を努めて明るく描く、かなり難易度の高い台本に挑んでいます。

当然の如《ごと》く、いつものように賛否両論。大河らしくない現代語の会話に違和感を持たれる方もいらっしゃるようだが、こればかりは慣れて下さいとしか言いようがない。

重々しい会話を求める皆さんの気持ちも分かる。そういう大河があってもいい。でも一見、時代考証に基づいて当時を再現したような重厚なやりとりも、実際は雰囲気でしかない。人は、かつて観《み》た別の時代劇の空気をそこに求めているに過ぎない。なぜなら、実際の鎌倉時代の会話など誰も聞いたことがないのだから。幻想のリアリティーを重んじ、それっぽい会話で作品を埋め尽くすことに、意味があるのか。だったら、役者が感情を乗せやすく、視聴者も理解しやすい現代の言葉を僕は選びたい。まあ匙《さじ》加減にもよるのだけれど。

ちなみに同時代を描いた四十三年前（一九七九年）の大河「草燃える」も、かなり現代語を使っていることで話題になった。政子が「まあ、失礼しちゃうわね」みたいなことを言っていて、当時は僕も驚いた。ただし改めて観ると、現代語は北条家のシーンに集中しており、やはり脚本の中島丈博《なかじまたけひろ》先生も塩梅《あんばい》を計算されているのが分かる。

かた苦しい言葉を多用すれば、批判もされにくいだろう。しかし現代語だとキャラクターがはっきりするのは間違いない。第一回に出てきた北条宗時の「平家をぶっ潰すぜ！」という台詞《せりふ》。さすがに僕でも「平家を討ち果たしてみせようぞ」くらいは思いつく。でもそれでは彼の持つ根拠のない度を越したポジティブ感が出ない。時間制限のあるテレビドラマでは、短い言葉で登場人物の個性を表現することが重要。描かなければならないことは他にも山ほどあるのだ。やはりここは「ぶっ潰すぜ！」だ。

僕が半ば勢いで書いた初稿を基に、時代考証の先生たちとプロデューサーが会議を行う。僕は立ち合わない。史実無視の荒唐無稽なホンを書く脚本家に思われがちだが、決してそんなことはない。可能な限り史実には沿いたいと思っている。たとえ面白いアイデアが浮かんだとしても、その時間、その場所に、その人物がいることが歴史的に不可能であれば、断念する。僕がやるべき仕事は、脚本家の視点から史実を見つめ直し、歴史学者の皆さんに「こんな解釈は可能ですか」とプレゼンすることだと思っている。

考証の先生方は、とてもドラマ作りに好意的だ。史実重視で作品の面白さが損なわれないように留意しながら、折り合いの付けどころを探って下さる。もちろん譲れないところもあるだろう。最終ジャッジをするのはプロデューサー。しかし僕は自分の思いを通すために史実を捻《ね》じ曲げたことはない。そういう時はすぐに折れる。そして先生たちが納得するもっといい設定を考える。こうして考証チームと脚本家の間で何度か行ったり来たりを繰り返しながら、台本は練り上げられていく。

その上で残った「ぶっ潰すぜ！」なのである。

# いろいろあります視聴率

連続ドラマを書いていると、やはり気になるのが視聴率だ。

数字なんて興味ない、自分が面白いと思ったものを書き続けるだけだ、と言い切れれば格好良いが、そうもいかない。命を削って書いたホンを元に大勢のスタッフとキャストが力を合わせて作り上げた作品を、どれだけの人が観《み》てくれたのか。やはり知りたい。

現在は、何世帯の家族が観たかの「世帯視聴率」と、何人が観たかの「個人視聴率」がある。特にファミリー層に絞った「コア視聴率」というものもある。連ドラの場合、第何話で何歳の人がどれだけ観なくなったか、一話の中でどのシーンが最も観られていて、どの瞬間にどれだけの視聴者がチャンネルを変えたのか、そんなことも分かるようになっている。最近知ったのだが「注視率」というものもあって、なんとオンエアの間に、観ている人の顔がどれだけ画面の方を向いているかが数値で出るのだ。つまり、どの場面でどれだけの人がよそ見したかが分かってしまうのである。

テレビの見方も変わってきた。大河ドラマ「鎌倉殿の13人」で言えば、本放送の前にＢＳで先行放送があり、土曜日の再放送もあり、見逃し配信もある。もちろん録画して後で観ることも出来る。

例えば第一回。リアルタイムの「世帯視聴率（関東地区）」は一七・三％だった。そして放送から一週間で何回録画再生されたか（タイムシフトというらしい）の数値である「録画視聴率」が九・九％、二つを足したものから、リアルタイムと録画視聴の重複を引いた「総合視聴率」が二五・八％。正直、もうなんだかよく分からない。

それとは別に「視聴人数」というのも発表された。単純に総合テレビとＢＳにタイムシフトも加えて「鎌倉殿の13人」の第一回を何人が観たかの数字で、二千七百五万七千人。これは分かりやすい。僕が去年（二〇二一年）ミュージカル「日本の歴史」を上演した世田谷パブリックシアターのキャパは約六百。単純計算して、四万五千回以上上演しなければ、これだけの人に観て貰《もら》うことは出来ない。毎日二回公演で、休演日なく上演を続けて、六十一年以上かかる計算だ。テレビの底力。

みんなが一斉に観るのが連続ドラマの良さだと思うのだが、テレビの見方も多様化。まるで文庫本を読むような手軽さで、寝る前にベッドの中で一人、波乱の歴史ドラマをスマホで観る人もいるかもしれない。いつでもどこでも観られるのが配信の良さだ。つまり視聴率からは、視聴者の本当の姿を知ることは出来ない時代になったということ。それでも作り手の僕らはその数字に一喜一憂してしまうのですが。

それにしても昔から不思議なのだが、そもそも視聴率って一般に公表する意味があるのだろうか。もちろん関係者やスポンサーは知っておくべきだと思う。しかし一般の人はどうなのか。視聴率を知ることで、何かメリットってあるのか。「大事なことだけど、一般人に直接影響がない数字」という意味で視聴率は、総理大臣の毎日の血圧に匹敵するような気がするのだが。

## 「新垣八重」の数奇な運命

大河ドラマ「鎌倉殿の13人」に出演されている新垣結衣さん。昔、何かの授賞式の舞台裏でご挨拶《あいさつ》をしたことはあったけど、お仕事をするのは今回が初めてだ。

僕は当て書きの脚本家。俳優さんありきで、その人にどんな役を演じてもらったら面白いか、どんな台詞《せりふ》を喋《しゃべ》ってもらったら楽しいか。そこから物語を作っていく。初めてご一緒する俳優さんの場合、台本を書き始める前に一度、お会いするようにしている。ご本人と話してみないと、その人の持っている空気感が分からないからだ。

新垣さんとは、プロデューサーにお願いしてテレビ局の会議室でちょっとだけ話が出来た。ところがその日、僕は午前中から人間ドック。閉所恐怖症なのでMRI検査の直前に飲んだ、ぼーっとする薬が効き過ぎて、せっかくの機会なのに頭は朦朧《もうろう》。あの新垣結衣と話をしたというのに、その時の記憶がほとんどない。脚本家として、それ以前に人として非常に悔しい。

新垣さんは稀有《けう》な女優さんだと思う。「熱演」という言葉がある。ストレートに感情を押し出して、心の内を全身全霊で表現する。役者が熱演すると観《み》ていて分かりやすいし、何より演じている側も気持ちがいい。しかし新垣さんはそんな芝居はしない。

もちろん台本に書かれていれば、激昂《げっこう》もするしコミカルに笑ったり泣いたり、踊ったりもする。けれども、彼女の演技の本質はそこにはない。ほんの小さな眉の動き、固く結んだ唇が少しだけ緩む瞬間。そういった細かい表情で気持ちを表現する。これってとんでもなく難易度が高いこと。やってみれば分かります。動かそうと思って眉を動かすと、痙攣《けいれん》しているみたいになる。感情があってこそ表情は生まれる。言うのは簡単。新垣さんはそれが出来る人。きっと信じられないほど台本を読み込み、役を自分に落とし込んでいるのだろう。

第六話で、八重は北条政子と二度目の対面をする。この時の新垣さんの芝居は素晴らしい。台詞《せりふ》にしなくても、心の内が手に取るように分かる。熱演だけが名演でないことの証明。もちろん政子役の小池栄子さんも見事です。これは次回書きますね。

八重は頼朝の最初の妻である。頼朝と引き離され、二人の間に出来た息子千鶴丸《せんつるまる》を、父親の伊東祐親《すけちか》に殺された。その後、川に身を投げたとも言われているが、これは伝説。実際は江間次郎《えまじろう》という男に無理やり嫁がされている。そしてこの江間の領地が、なんと今回の主人公北条義時の一家が暮らす、伊豆の北条館の目と鼻の先。北条政子と結婚した頼朝は、その北条館にいる。つまり川を挟んだ両岸で、八重と頼朝はそれぞれ別の家庭を持っていた。実際に現地を訪ねて、北条館の跡に立ち、江間の屋敷があったであろう川向こうを眺めた時、僕の頭の中で八重が辿《たど》る数奇な物語が動き始めた。

さらに、ネタバレを恐れずに言えば、この江間次郎は伊東と北条の戦で死に、その後、江間の領地を手にするのは、なんと北条義時その人なのである。

さて新垣結衣扮する八重の運命はいかに。

# 満を持しての「小池政子」

出会いというものは、本当に大切だ。

小池栄子さんが初めて僕の作品に出てくれたのは二〇一七年の舞台「子供の事情」の小学生ゴータマ役。僕のキャスティングではなかった。教科書に載っていた釈迦像に似ていることからそのあだ名がついたゴータマは、名前に反して悪の限りを尽くす。

小学校の教室を舞台に、役者が全員小学四年生を演じるこの芝居。最初はジャイアン的存在で考えていたが、小池さんの出演が決まってから、女性に変更。悪ガキに見えて実はナイーブで繊細な部分も持ち合わせているゴータマは、小池さんが演じることを前提に考えたキャラだ。後々、自分の子供時代と重なる部分が多かったと小池さんは言っていたが、それはたまたまである。

僕にとっての理想の役者とは、また一緒に仕事がしたくなる人のこと。この人にこんな役を演じて欲しい、こんな台詞《せりふ》を言って欲しいと、インスピレーションを与えてくれる俳優のことだ。

小池さんが稽古場で見せる思い切りの良さ、僕の突拍子もないリクエストに悩みながらも応えてくれるその柔軟性、そしてなによりその堂々とした風格。僕は稽古をしながら、数年後に控える大河ドラマで、ぜひ彼女に北条政子を演じて欲しいと思った。

もっと彼女のことを知りたくて、映画「記憶にございません！」では総理秘書を演じて貰《もら》った。もっともっと彼女のことを知りたくなり、配信ドラマ「誰かが、見ている」の最終回にもゲストで出て頂いた。そして今回、満を持しての「鎌倉殿の13人」。念願の北条政子である。

小池さん自身、大河ドラマで一年間、一人の人物を演じるのが夢だったことを最近知った。必ず新しい政子像を作り上げてみせると、インタビューで宣言していた。僕も同じ思いだ。そして彼女ならそれが出来ると確信している。

日本三大悪女の一人と呼ばれる政子。やったことだけを捉えると、親を追放したり実の息子の暗殺に関わっていたりと、確かにイメージは悪い。でも猟奇的殺人鬼ではない限り、彼女にはその都度、そうせざるを得なかった理由があったはず。そこをしっかりと描きたい。僕の考える政子はあくまで、愛する夫と子供たちとの幸せな生活を望んだ、どこにでもいる平凡な一人の女性である。小池さんも同じ認識だと思う。

実は小池さんとは、撮影が始まる前に役作りに関してきちんとお話をしていない。それどころか、プライベートでお会いしたのは二度だけ。それでも彼女に絶大な信頼を置いているし、自分と同じ感性を持っていると信じている。

あれは数年前、大泉洋主催の食事会に呼ばれた時のことだ。高級生ハムを口にする度にいちいち目をつぶる大泉の姿を見て、僕はそれをとんでもなく面白いと思った。

すると僕の正面に座っていた小池さんも同じタイミングで同じことを思ったらしく、僕らは目を合わせ、大泉に失礼にならないように気遣いながら小さく笑った。僕はその時、小池栄子という女優と、この先もずっと一緒に仕事をしていこうと決意したのだ。

# 「語り」は現在進行形で

今回はナレーションの話。

僕は本来、ナレーションはあまり用いない。「それから数日後」とナレーターに語らせず、登場人物たちの会話だけで視聴者に時の流れを感じさせる。それが脚本の醍醐味《だいごみ》だと思うからだ。「王様のレストラン」における森本レオさんのように、あのソフトな声でドラマ全体をファンタスティックにコーティングするような効果も、ナレーションにはあるのだけれど。

大河ドラマの場合は、歴史を扱っているので、状況説明としての語りがどうしても必要となってくる。「国盗《くにと》り物語」の中西龍アナウンサーの名調子は今でも頭に残っている。最近では大河枠ではないが「坂の上の雲」の渡辺謙さん。格調高い語り口で、まるで司馬遼太郎さんの原作を読んでいるような気分に浸れた。

自分の場合、一本目の「新選組！」ではあえてナレーションを使わなかった。それが入るとどうしても物語を俯瞰《ふかん》で見てしまう。近藤勇と仲間たちの物語を出来る限り等身大で描きたかったのだ。大変だったけど、それなりの効果はあった気がする。

二本目の「真田丸」では有働由美子アナが担当。当初は煽《あお》り気味で読んでもらっていたが、徐々に落ち着いたトーンに移行。彼女が実際に読む声を聞いて、僕が彼女の声に「当て書き」をしていくことで、独特のトーンが完成した。

そして今回の「鎌倉殿の13人」。企画の初期の段階から、ナレーションは女性でいくことが決まっていた。鎌倉幕府の権力闘争を描く内容はどこまでもハード。女性の声で少しでも緩和出来ればというのがプロデューサーの狙いだ。でも女性アナウンサーだと前回の有働さんの印象が強すぎるので、今回は俳優さんにお願いすることにした。

アナウンサーではなく、俳優が語るナレーションってどんなものだろう。色々考えた結果、朗々と読み上げる形ではなく、むしろささやいてもらうのはどうかということになった。情報を伝えるというより、台詞《せりふ》として語ってもらう。僕の頭の中にあったのは、伊丹十三《いたみじゅうぞう》監督の「お葬式」の冒頭のナレーション。山﨑努さんの静かで穏やかな語りが印象的だ。今回お願いしたのは長澤まさみさん。普段はアクティブなイメージが強い女優さんだが、実はとても優しくて上品な声質を持っている。

登場人物に寄り添うように語って下さいと、彼女にはお願いした。基本、今回の語りは現在進行形。決して現代から当時を振り返っているわけではない。語り手自身もその場にいて、主人公たちの気持ちを代弁しているイメージ。だから過去形を用いない。「頼朝は鎌倉を目指した」とは言わず「頼朝は鎌倉を目指す」と言う。

およそこれまでの大河のナレーションとは異なるアプローチだけど、この物語にはこれが必要なんだと僕は思っている。回を重ねるにつれ、今回も長澤さんの声に「当て書き」をするようになり、彼女ならこんな言い方も成立するな、と思いついて、徐々に新たな工夫も採り入れてみている。

そのへんは実際にオンエアを観《み》てのお楽しみ。新しい大河はナレーションも新しい。

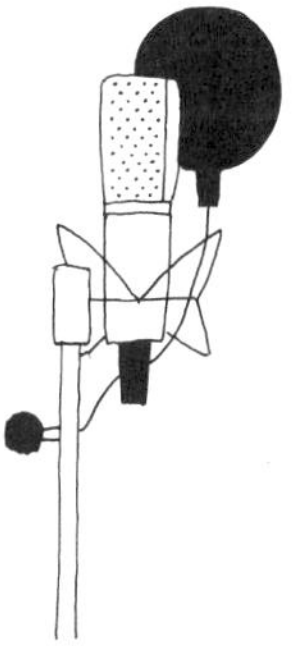

# ラスト「ラ・マンチャ」に涙

初めてミュージカル「ラ・マンチャの男」を観《み》たのは忘れもしない大学受験前日。「黄金の日日」で松本白鸚《まつもとはくおう》さん（当時は市川染五郎さん）のファンになり、その流れでの観劇だった。「ラ・マンチャの男」はミュージカルの概念を変えた画期的な作品だ。恋人たちが歌い踊る華やかなものとは一線を画している。なにしろ舞台となるのが地下の牢獄。全編通して薄暗い。異色のミュージカルなのである。

お馴染《なじ》みドン・キホーテの物語と、その作者セルバンテスの生き様が並行して描かれる。宗教裁判にかけられるために投獄された劇作家セルバンテスは、囚人たちの協力の下、自作のドン・キホーテの物語を牢獄内で上演する。

大学に入り劇団を作ってからも、再演がある度に「ラ・マンチャ」を観に行った。セルバンテスに完全に感情移入。ラスト、法廷へ向かう彼を囚人たちが見送る光景は、まるで登場人物たちに励まされる劇作家の姿であり、僕は観る度に涙が止まらなかった。

僕が書いて白鸚さん（当時は幸四郎さん）が主演したドラマ「王様のレストラン」がオンエアされた直後の公演では、客席に僕がいるのを知った白鸚さんが、「王様のレストラン」でご自身が演じていた伝説のギャルソンの決め台詞《ぜりふ》「素晴らしい！」を劇中でさりげなく口にして下さった。長年のファンとして頂点を極めた瞬間。

一九六九年に始まった「ラ・マンチャの男」は公演回数を伸ばし続け、二〇〇二年に遂《つい》に千回を突破。そして今年（二〇二二年）、いよいよ五十三年の歴史に幕をおろす。初演時、夢を追い求める老人を二十六歳で演じた青年俳優は、彼自身が夢を追い求める七十九歳となった。

客席で驚愕《きょうがく》した。白鸚さんの「ラ・マンチャ」はまだまだ成長を続けていた。さらに磨きがかけられていた。何度も観ているのに、まるでこの舞台に初めて出会ったような感動。これまでで一番、哀《かな》しく胸に迫るドン・キホーテの物語だった。セルバンテスが舞台上でメイクを施し、キホーテに変身して高らかにテーマ曲「ラ・マンチャの男」を歌い出した瞬間、僕はもう嗚咽《おえつ》が止まらず、呼吸困難になりかけた。開幕約十分後のことだ。

白鸚さんのラスト「ラ・マンチャ」を僕は家族と観た。七歳の息子にはやや早すぎるかと思ったが、（あの舞台を観ておいて良かった）と思う日が必ず来ると半ば強引に連れて行った。観終わった彼の感想は、「『アラジン』みたいなのもいいけど、景色を頭で想像するこういう舞台も好きだな」。最近、こちらの望む答えを察知する能力に長《た》けてきているので、一〇〇％鵜呑《うの》みには出来ないが、なかなかの評。「セルバンテスがセットの長い階段を上るのが大変だから、あれはエスカレーターにしたらいいんじゃないか」と言うので、東宝に提案してみると言っておいた。

ちなみに好きなシーンは床屋が登場するコミカルな場面。好きな楽曲は「見果てぬ夢」や「ドルシネア」ら名曲を差し置いて、サンチョが歌う「本当に好きだ」。一番泣いたのは、地下牢から痩せた裸の囚人が連れ出されるところ。本題とは全く関係ないシーンでした。

※二〇二二年二月六日に最終公演が開幕したが、コロナの影響により全七回で中断。翌二三年四月十四日から再スタート、二十四日に終了した。

# 「でんぢゃらすじーさん」ファンに

以前、あるSF作家さんがエッセーの中で僕の作品を褒めてくれた。僕はその方の作品をほとんど読んだことがなかった。それでも褒めてもらえると嬉《うれ》しい。やはり人は褒められれば伸びる。けなされて伸びる人もいないとは限らないが、その人だって褒めればもっと伸びるはず（褒めすぎてダメになるケースはある、塩梅《あんばい》は大切）。

それ以来僕は、自分がいいと思ったものは、全力で褒めるようにしている。エッセーにも書くし、知り合いを通じて電話やメールで伝えることもある。特に若い世代の人たち。それが先に生まれてきた人間の務めだと思うのだ。

というわけでぜひ紹介したい漫画があります。

「なんと！　でんぢゃらすじーさん」。作者は曽山一寿さん。『月刊コロコロコミック』という小学生向けの漫画雑誌に連載中。息子から「これ読んでごらん、面白いよ」と勧められ、一読してファンになる。早速、単行本の最新刊を買ってみた。

いわゆるギャグ漫画。傾向でいえば、赤塚不二夫さんに近い気がする。でも内容はさらにぶっ飛んでいて過激。ただ僕がはまった理由はそこではない。いかにも子供が喜びそうな下ネタでもない。

気に入ったのは、その自由さだ。物語を進める上での様々なセオリーから、完全に解き放たれている。これを読むと、例えば「起承転結」が、どれだけ物語の可能性を狭めていたか、思い知らされる。

作品を紹介しているのに、僕は今、ストーリーや設定に一切触れていないが、それには訳がある。そんなことをしても何の意味もない。物語ることを完全に放棄し、それでいて決してデタラメに陥っていない。そこが素晴らしい。

僕は漫画の世界に詳しくないので、この作者がどう評価されているのか知らないし、この作品が誕生した経緯も知らない。もしかしたら「でんぢゃらすじーさん」はよくある非物語系の一つに過ぎないのかもしれない。でもそんなことはどうでもいい。断言できるのは、ここにある「なんでもあり」の世界は、僕には一生たどりつけない場所。だから憧れる。

野暮《やぼ》を承知で一つだけエピソードを紹介します。

第三巻に収録されている「走馬灯をみるのじゃっっっ!!!」。じーさんの孫が自転車で転んで事故に遭いそうになり、その瞬間、自分の人生を走馬灯のように振り返る。その後、連鎖的にじーさん、じーさんの飼い猫（?）ゲベ、じーさんの友人の「校長」がそれぞれ事故に遭い、各々《おのおの》がかなり個性的な人生を振り返る。そして通りすがりの見知らぬ「しらんオッサン」までもが貰《もら》い事故で人生を振り返り、しかもそれが一番ドラマチックだったという話。

こんな無茶苦茶《むちゃくちゃ》な話を描けるのだから、作者は二十代かと思っていたら、「なんと！　でんぢゃらすじーさん」は既に十巻目。しかもその前に「絶体絶命　でんぢゃらすじーさん」「でんぢゃらすじーさん邪《じゃ》」という別シリーズもあることを最近知った。二十年以上前から連載されていたのだ。曽山さんは四十代半ば。若者ではなかった。いろんな意味で驚愕《きょうがく》！

# 映画「シーラ号の謎」の謎

二〇二一年十一月に亡くなったスティーブン・ソンドハイムはミュージカル界の大御所。沢山《たくさん》の名曲を書き、「ウエスト・サイド・ストーリー」の作詞もしている。あまり知られていないが、彼は一本だけ映画の脚本を書いている。

「シーラ号の謎」。一九七三年のアメリカ映画。監督ハーバート・ロス。なんと本格謎解き映画。ソンドハイムとミステリーがなかなか結びつかず、最初は同名異人と疑った。よくよく考えると、「スウィーニー・トッド」は十九世紀ロンドンを舞台にした殺人鬼の話だし、「イントゥ・ザ・ウッズ」もおとぎ話が題材のミステリアスな物語。実はソンドハイム、ミステリー好きだったのかもしれない。

共同脚本がアンソニー・パーキンス。ヒチコックの「サイコ」で大ブレーク。ちょっと危ないナイーブな青年役を得意とした人だ。パーキンスとソンドハイムも僕の中で繋《つな》がらなかった。調べてみると、ソンドハイムが関わったテレビ番組にパーキンスが出演したりと、古くからの仕事仲間。DVDに入っていた出演者のオーディオコメンタリーを聞くと、二人は一緒に撮影現場を見学に来ていたそうだ。

さてこの「シーラ号の謎」、ミステリー好きのソンドハイムがパーキンスと組んでやりたいことを全部詰め込んだ、通好みの見事な犯人当て映画、と言いたいところだが、僕はあまり好きではない。

単純な話、内容がよく分からない。大富豪が友人を集めて宝探しゲームを始めるが、その最中に殺人事件が起こる。ストーリーは確かに心を躍らせる。しかし、脚本を書くことを生業《なりわい》としている者からすると、シナリオが良くない。手際が悪い。前半のゲームの描写が複雑すぎて、ルールが分からない。分からないから話に入り込めず、分からないうちに事件が起こって、分からないままに真相が明らかになる。つまりずっとよく分からないのだ。

どちらの脚本家の責任なのか。参考にパーキンスが監督した「サイコ3」を観《み》た。脚本は別の人だけど、パーキンスの嗜好《しこう》というか才能は窺《うかが》えるはず。これが結構面白かった。「サイコ」ファンにしてみれば「サイコ2」は堪え難い内容だったので「3」は敬遠していたのだが、意外な拾い物。少なくともパーキンスは「分かっている」人だと判明した。となると、いけないのはソンドハイムか。名作曲家・名作詞家は決して名脚本家でなかったということか。だとしたら、僕はちょっとホッとする。ミュージカルの神様も万能ではなかった?

コメンタリーによれば、彼らはプライベートでも友人を招いて、自分たちの考えたゲームをやらせていたらしい。その延長線上にこの映画はあるのか。映画として残しておきたかったのか。となるとこれは壮大なプライベートフィルムなのかもしれない。

一番気がかりなのはこの「シーラ号の謎」の音楽担当。言ってみれば滝廉太郎が脚本を書いた映画の音楽を作るようなもので、どれだけのプレッシャーだったたか。ビリー・ゴールデンバーグ。「刑事コロンボ」やスピルバーグの「激突!」を担当した人。お疲れ様でした!

# 史実の間のフィクション

大河ドラマにおける「創作」について考えてみる。僕の描くものは、他の大河よりも脚本家の創作部分が多いと思う方がいるようだ。喜劇作家は、いちいち史実を調べたりせずに、好きに描いているイメージがあるのだろうか。実際は史実に残っていることは、極力歪《ゆが》めないように気をつけて書くようにしている。時代考証の先生も付いて下さっているので、そう突拍子もないものにはなっていないはずだ。

史実に残っていることはきちんと描くけれど、それは史実にないことは一切描かないという意味ではない。むしろ史実に残っていない部分にこそ、ドラマ作家としての腕の見せどころがある。「鎌倉殿の13人」で描かれた富士川の戦い。源平合戦の名場面の一つだ。水鳥の羽音を敵の襲来と勘違いした平家軍が、源氏軍を前に戦わずして逃げてしまう。「吾妻鏡《あずまかがみ》」にも書かれている有名なエピソード。最近の研究では、平家が逃げ帰ったのは、兵糧《ひょうろう》がなくなっていたり、士気が低下していたりと、他に理由がいくつもあったとされているが。

最もオーソドックスな描き方は、空を埋め尽くす水鳥や逃げ惑う平家軍の様子を見せ、ナレーションで説明する。これなら文句のつけようがない。ただ面白いかと言うと疑問。あったかもしれない事実を紹介するだけで、それは歴史年表とそう変わらない。

なんとかドラマとしての深みをプラスしたい。やはり水鳥の話は変えたくない。水鳥に変装した源氏軍が、一斉にバタバタと音を立てたのでは、ただの歴史パロディーになってしまう。そこで水鳥が一斉に羽ばたいた理由に目をつけた。そこに注目した作品は今までなかったはずだ。

理由は他愛《たわい》ない方がいい。どうってことない小さな出来事が、歴史を動かす面白さ。そこで北条時政と三浦義澄《みうらよしずみ》の二人に登場願った。

仲のいいおっさん二人が河原ではしゃぎ、そのせいで水鳥がびっくりする。あり得ない話ではない。二人は戦のために近くに来ている。これが奥州にいる藤原秀衡《ふじわらのひでひら》が夜中に水浴びをしていたとなると、嘘《うそ》が過ぎる。このシーンを成立させるため、幼馴染《おさななじみ》の時政と義澄が、二人きりになると子供のようにはしゃぐという設定を、早いうちからドラマの中に組み込んでおいた。

お怒りの方はいらっしゃるだろう。史実の合間をフィクションで埋めるにしても、もっと真面目な理由はないのか、と。夜討ちの準備をしている源氏軍が荷車を川に落としてしまい、そのせいで水鳥が飛び立った、みたいにすれば納得してくれるかもしれない。しかし僕はやはりおっさんがはしゃいだ方に可笑《おか》しみを感じてしまう。脚本家の性である。受け付けないなら我慢して貰《もら》うしかない。

何も知らずに観《み》た人が、この創作エピソードを真実だと思い込む可能性は決してゼロではないだろう。この先、その人がどこかで富士川の戦いの話をした時、「あれって全部北条時政のせいだよね」と発言して、歴史好きの誰かにボコボコに否定されることは十分考えられる。

これはもう先に謝っておくしかありません。

ごめんなさい！

## 老武将・岡本信人の凄み

「鎌倉殿の13人」には、高齢の坂東武者が多数登場する。老いても血気盛んな強者たち。大変なのはキャスティングだ。七十歳以上の俳優さんで、「血気盛ん」が演じられる人。これがなかなか難しい。

日向《ひなた》ぼっこが似合ってはいけない。鎧《よろい》が様になって欲しい。実際に撮影現場では、大鎧を着なければならず、元気であることが最重要。ところが元気すぎても困る。例えば舘ひろしさんはまもなく七十二歳になられるけど、全くお爺《じい》さんのイメージはない。今回必要なのは枯れた感じの人。それでいてパワフル。条件は厳しい。

日曜夜の「ダウンタウンのガキの使いやあらへんで！」を観《み》ていると、芸人さんたちによるソフトボールの企画をやっていて、そこに懐かしい俳優さんを見つけた。

岡本信人《おかもとのぶと》さん。僕の世代では、ホームドラマでビールの配達にやって来る人といえば、大抵は岡本さんであった。あれほど酒屋さんの前掛けが似合う人はいない。大河ドラマファンとしては、「花神」の金子重輔《かねこしげのすけ》。吉田松陰と共に黒船に乗り込もうとした人。小さくてひ弱だが、思いだけは決して松陰に負けない、そんな熱血青年を岡本さんは全力で演じられていた。

一転して姑息《こそく》な官僚役の「獅子の時代」も忘れられない。そして「鎌倉殿の13人」と同時代を描いた四十三年前（一九七九年）の「草燃える」にも出演されている。歌人の藤原定家。最近では「野草を食べる人」としてバラエティーでも注目を集めたらしいけど、それはよく知らない。「ダウンタウンのガキの使いやあらへんで！」の岡本さんは元気そのもの。なにより強い目力を感じた。同時にいい具合にお爺さん。下総の大豪族・千葉常胤《つねたね》は是非この人に演じて欲しいと、すぐにプロデューサーに連絡した。

岡本さんに武将のイメージがなくて不安に思ったスタッフもいたが、僕は知っている。岡本さんはＮＨＫで放送された「人形劇三国志」で、主人公たちの前に立ちはだかる曹操《そうそう》と周瑜《しゅうゆ》という二大敵役の声を担当されているのだ。これがとてつもなく格好良かった。骨太で勇猛果敢《ゆうもうかかん》な武将を声だけで表現された岡本さん。そこには出入りの酒屋さんの姿は微塵《みじん》もない。

僕は撮影現場にまだ一度も足を踏み入れていないので、岡本さんにはお会いしていない。画面に登場する千葉常胤は、まさに思い描いていた通りの「血気盛ん」な老武将だ。しかも岡本さんはそれを荒々しさとは真逆の、淡々とした風情で演じてらっしゃる。だから底知れぬ恐ろしさがある。頼朝との初対面の時、彼は敵将の首級をまるで、ビールを一本サービスしておきましたよ、みたいな感じで差し出した。あっけらかんとした凄《すご》みをそこに感じた。

現代を代表する俳優の一人小栗旬さんと、昭和の名バイプレーヤー岡本信人さんが同じ画面に登場する。これこそ大河ドラマの面白さだ。この先も老将千葉常胤は、ドラマに登場する坂東武者たちと、時間の関係で割愛した登場しない坂東武者たちの代表として活躍する。鎌倉を震撼《しんかん》させたとある大事件の「首謀者」の一人でもある。全国の岡本ファンの皆さん、どうぞお楽しみに。

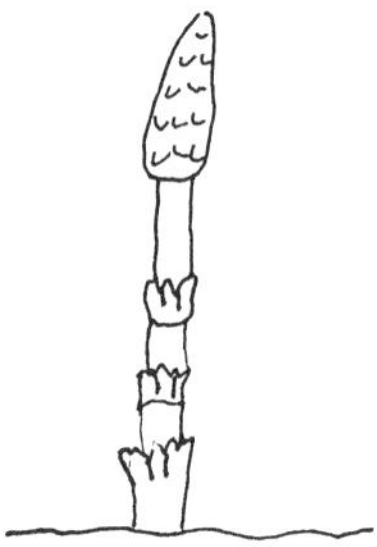

# 「仁義なきワールド」の凄み

鎌倉時代初期の御家人同士の権力闘争は、まるで映画「仁義なき戦い」のようだと知人に言われた。

言わずと知れた「仁義なき戦い」だが、実は僕は観《み》たことがなかった。暴力シーンが苦手なのだ。群像劇のようだし、オールスターキャスト、本来は僕好みの作品なのだが、二の足を踏んでいた。勉強のためにとブルーレイボックスを購入。まずは、一番面白いと評判の第四作「仁義なき戦い・頂上作戦」を観た。

率直な感想を述べると、何が何だかさっぱり分からなかった。実際に起きた「広島抗争」が題材になっているのだが、基礎知識がない僕には、人物関係が込み入りすぎている。全く内容が入って来ない。鎌倉時代の歴史を知らない人が今年の大河ドラマを観たら、こんな感じなのだろうか。

四作目を最初に観たのもいけなかった。「ゴッドファーザー」シリーズをパート3から観るようなもの。やはり作られた順番に観るのがいいようだ。次に第一作「仁義なき戦い」、それから「広島死闘篇」。そして「代理戦争」を経て、「頂上作戦」に戻った。全体像が摑《つか》めたので、番外編みたいな第二作を飛ばし、もう一度、第一作、第三作、第四作と続けて観る。はまりました。「頂上作戦」も流れが分かってから観直すと、めちゃくちゃ面白い。これはヤクザ版大河ドラマだ。放送禁止用語は出てくるし、残虐なシーンも目白押し。決して行儀の良い映画とは言えないけど、優れた群像劇であり、人間喜劇だった。

今さら僕が言うのも恥ずかしいが、やはり脚本界のレジェンド笠原和夫氏の脚本が素晴らしい。どの登場人物もひどい奴《やつ》らだけど、どこか愛らしい。無様な姿を晒《さら》しながら、必死に生き、必死だからこその可笑《おか》しさに溢《あふ》れている。

ドキュメンタリータッチに徹した深作欣二監督の演出も凄《すご》い。そして役者陣の層の厚さ。大河ドラマでおなじみの顔が目白押し。主演の菅原文太さんは大河「獅子の時代」の主役だし、一体ここには徳川家康が何人いるのだろう。一際《ひときわ》目を引くのは小林旭さん。見た目も芝居も濃い出演者の中で、唯一スタイリッシュでクール。そして清潔感に溢れている。こんな大人になりたいと思った。もう無理だけど。知っている役者さんも沢山《たくさん》。田中邦衛さん、伊吹吾郎さん、皆、痺《しび》れるほどに格好いい。

一人だけ異質な芝居で押し通す金子信雄さんも見逃せない。まるで「ゴルゴ13」の世界に紛れ込んだ赤塚不二夫漫画の登場人物みたい。周りの人たちが真面目にリアクションしているのも面白い。同じ役者が、殺される度に違う役で出てくる。三度生まれ変わる松方弘樹さんの、細かい役作りは見どころだ。

全てをひっくるめて、これはまさに「仁義なきワールド」。何度観てもまた最初から観たくなる。大人のテーマパークだ。今日も観ます。

ちなみに一番のお気に入りは、明石組系打本会組頭その他を演じた西田良さん。もう亡くなってしまったが、その強烈な面構えは印象に残るどころの騒ぎではない。近藤勇にちょっと似ている。西田さんの局長、観たかったな。

# 僕が考える「当て書き」は

　ここでも何度か書いているが、僕は「当て書き」の脚本家である。演じる俳優さんに当てて、その人がどんなことをしたら面白いか、どんな台詞《せりふ》を言ったら格好良いか、などと想像してホンを書く。だからキャスティングが先行してないと、何も思い浮かばない。脚本家としては失格の部類に入るのかもしれない。

　この「当て書き」が、よく間違えて捉えられる。俳優さんの普段の性格を踏まえて、その俳優さん自身の個性を役に反映させるのが「当て書き」と思っている人が多い。そうではない。そこまで僕は俳優さんたちを知らない。

「鎌倉殿の13人」でいえば、もちろん劇団時代からの仲間も出てくれているが、例えば源義経役の菅田《すだ》将暉《まさき》さんとは、パーティー会場のトイレで一度挨拶《あいさつ》しただけだし、八重役の新垣結衣さんは、クランクイン前にＮＨＫの会議室で十五分ほどお話ししたに過ぎない。この目でその人を見ておいた方がイメージは摑《つか》みやすいので、先日もドラマの後半に登場する若い女優さんと、局の控室でお話しする機会を作って貰《もら》った。

そんな程度である。だから役の個性イコール演じる俳優のキャラでは決してない。豪快な和田《わだ》義盛《よしもり》役の横田栄司さんは、本来は真逆の物静かな紳士なのである。

登場人物を淡々と殺して回る恐怖の善児を演じる梶原善。三十年近く知っているが、普段の彼に「殺し屋」の面影は一つもない。綺麗《きれい》好きでお洒落《しゃれ》で頭の回転が早い。それが本来の彼。でも「殺し屋」の印象が皆無の彼だからこそ演じて貰いたくなった。彼なら無の表情で殺戮《さつりく》を繰り返す善児を魅力的に演じてくれるに違いない。そしてそれに気づいたのはきっと世界で僕だけ。つまりこれが本来の「当て書き」なのである。

でもたまに、想像で書いたのにそれが演じる俳優さんの普段の姿に似てしまうケースもある。「三谷さん、よく見抜きましたね」と言われたりもするが、それは僕の洞察力が優れているわけではなく、たまたまである。以前、「総理と呼ばないで」というドラマで、居眠りばかりしている副総理役で出て頂いた藤村俊二さんが、「あの役はまるで僕だった」とおっしゃっていた。嬉《うれ》しい偶然。

偶然といえば、「鎌倉殿の13人」で政子の妹実衣を演じる宮澤エマさんが「江間（地名）」について発言するシーンがあった。それは別にエマがエマと言う面白さを狙ったものではなく、偶然の産物。当て書きというのは決してそういうものではない。

女好きという設定の三浦義村を演じる山本耕史さん。新垣結衣さん扮する八重に振られた時、「色恋は振られてからが勝負だ」と言ってもらった。書いた時には、実際の山本さんが奥さんと結婚する前に、振られても振られてもラブレターを出し続けたというエピソードは全く頭になかった。知ってはいたけど忘れていた。もし覚えていたら、この台詞は書かなかったと思う。そこまで俳優のプライベートな部分に寄り添うのは「当て書き」ではないし、ちょっと品がないからだ。

山本さん、申し訳ありませんでした！

# あの「短編」が専門誌に

今（二〇二二年四月）、本屋さんの店頭に並んでいる『ミステリマガジン』5月号は、一周忌を迎えた田村正和さんを偲《しの》んでの古畑任三郎特集。去年この「ありふれた生活」で書いた僕の短編ミステリー「殺意の湯煙」も再掲されている。小説版古畑の第二弾。

この連載は、新聞に載った後に単行本化される。それを待たずして別の媒体に載せるというのにやや抵抗もあったが、あのミステリマガジンに僕の小説が載るという、ミステリーファンにとっては奇跡のような話の前には、断るという選択肢はなかった。

子供の頃、まだハヤカワ・ミステリ文庫はなかった（創元推理文庫は発刊されていた）。大きな本屋さんに行けば、縦長で小口の部分がちょっと黄色い装丁のハヤカワ・ミステリはあったけど、なんとなく大人の読むものというイメージで、手に取りづらかった。推理小説といえば、子供向けのものを図書館で借りてくるくらいだった。

当時は、子供向けのミステリー入門書が沢山《たくさん》あった。ネタバレもいいところで、犯罪トリックが図解入りで解説してあり、当時の僕は原作を読まずして、有名作品の犯人は大体知っていた。その中で名作として紹介されていたのがアガサ・クリスティーの「そして誰もいなくなった」。十人の見知らぬ男女が孤島に集められ、一人一人殺されていくという魅力的なプロット。読んでみたかったが、少年少女には刺激が強すぎるのか、もしくは権利の問題なのか、この作品に関しては子供向けに書かれたものは一切出回っていなかった。

今でもはっきり覚えている。近所の小さな本屋さんの奥の棚、その一番上の列に、(誰も買ってくれなくて構わない、俺たちは飾りで置かれているのさ)とでも言いた気な雰囲気で並んでいた箱入りの分厚い『世界ミステリ全集』。その第一巻がクリスティーだった。もしやと思い、お店の人に脚立を借りて手に取ってみる。そこに「そして誰もいなくなった」が収録されていた。読みたい。しかし子供には高価すぎる。お小遣いを貯《た》めて、確か中学一年生の時だったと思うが、ようやく購入。僕は初めてこのミステリーの名作に触れた。クリスティーとの本当の意味での出会い。早川書房さんとの長いおつきあいもそこから始まった。

中学三年の時にハヤカワ・ミステリ文庫が創刊された。最初に出たのが「そして誰もいなくなった」。周囲で僕しか読んだことのない幻の名作が、誰でも読めるようになり、ちょっと悔しかった。大人になってから毎月必ず買う雑誌は新人物往来社の『歴史読本』と早川のミステリマガジン。『歴史読本』は休刊、ミステリマガジンも隔月刊になってしまったが、中身の充実度は増している。

その早川の雑誌の最新号に、作家でもない自分の拙《つたな》いミステリーが載っているのである。本屋さんに行って、雑誌コーナーで何度確認したことだろうか。古畑に関わっていて良かったと心から思う。

ちなみに「殺意の湯煙」はいずれは「ありふれた生活」の単行本にも掲載される予定です。どうか皆さんご安心を。

特別小説

# 「殺意の湯煙」

シャトー二朗は、人気俳優である。抜群の演技力でコメディーもシリアスもこなし、クイズ番組の司会もやってしまう。自分で脚本を書き、映画も監督する多才ぶり。そのシャトー二朗に、私はどうしても言いたいことがあった。

箱根の高級温泉旅館。シャトーは毎月一人でここを訪れ、シナリオを執筆する。マネジャーからそれを聞き出し、私は同じ旅館の一室を予約することに成功した。

「どうしたんです、三谷さん」

ラウンジで私の姿を見つけるとシャトーが寄ってきた。直接会うのは二年ぶり。シャトーが三谷幸喜の作品に出るというので話題になった配信ドラマの撮影現場以来だ。

「ご無沙汰しています、シャトーさん」

「こんなところで三谷さんにお会いするとはびっくりだ。まあ、座って話しましょうか」

私とシャトーは隅のソファセットに腰を下ろした。

世間話もそこそこに、早速本題を切り出した。

「あなたに言いたいことがあるんです」

「なんだろう怖いな」

「シャトーさん。はっきり言って、あなたの芝居は最近アドリブが多すぎる」

彼はびっくりしたような顔つきで私を見た。

「三谷さんね、その場で思いついた台詞《せりふ》を本番で突然喋《しゃべ》ることをアドリブと言うなら、僕の芝居にはアドリブは一切ありません」

「呆《あき》れたものですね。よくそんなことが言えますね」

「もちろんですよ、もちろんリハーサルの段階で生まれた台詞を本番で言うことはある。しかし三谷さん。それはアドリブとは呼ばないんだな」

「脚本家が心血を注いで書いた台本を、即興の台詞でぶち壊さないで欲しいんです」

「ぶち壊した？　ぶち壊した？　私がいつぶち壊した！」

シャトーは真っ赤になった。そして埒《らち》が明かないと思ったのか、私を残して部屋へ帰っていった。


深夜一時。眠れない私はシャトーの部屋のドアを叩《たた》いた。二十分叩いても返事はなかった。風呂にでも入っているのだろうか。

躊躇《ちゆうちよ》しつつ大浴場を覗《のぞ》いてみると案の定、シャトーは露天風呂につかっていた。他に客はいない。私がお湯の中を平泳ぎで近づいたら、シャトーは目を丸くしていた。

「三谷さん、いい加減にしてくれないか。こんなところ人に見られたらどうするんですか」

「アドリブは二度としないと約束して貰《もら》えませんか」

「あんたもしつこいな、三谷、いや、三谷さん」

シャトーは逃げるようにお湯から出ると、脱衣場へ向かった。私は後を追った。

手ぬぐいを腰に巻き、シャトーはコーヒー牛乳を飲んでいた。「百歩譲ってですよ、三谷さん。私がアドリブを言っていたとしましょうか、でもね。あなたにそれを止める権利はないんだ」

カッとなった私はシャトーを突き飛ばした。彼は思わずよろけて倒れ、その弾みにテーブルに頭をぶつけた。上にあったものが床に散らばった。

シャトーはそのまま動かなくなった。


足元にシャトー二朗が転がっている。まだ微《かす》かに息をしていた。目の前の喫煙スペースに大きな灰皿が見えた。あれでもう一度殴ろうか。いや、この様子では放っておいても数分後には死ぬだろう。

私は浴衣を着ると手ぬぐいで頬被《ほおかむ》りをし、スリッパを履いて露天風呂に戻った。廊下に出ると滞在客に遭遇する危険があったからだ。湯船の向こうには森が広がっている。足を踏み入れると、すぐに私道が現れた。十メートルほど歩いて旅館の勝手口へ辿《たど》り着く。誰に見られることもなく、自分の部屋へと戻った。

「三谷さんでいらっしゃいますね」

　黒服の刑事が私の部屋を訪れたのは翌朝のことだ。

「古畑と申します。二、三お話を伺わせて頂けますでしょうか」

「警察の方が私に、一体何の用でしょう」

「とりあえず、お座りになって下さい、さ、どうぞ」

　古畑に勧められて、私は窓際の椅子に座った。

「ご旅行ですか、三谷さん」

「温泉に入るのが唯一の趣味なんです」

「羨《うらや》ましいです。私も温泉大好きでして。温泉卵、美味《おい》しいですよね」

「古畑さん、用件を聞かせて貰えませんか」

「失礼いたしました。シャトー二朗さん、ご存知《ぞんじ》ですね。昨夜、亡くなりました」

あまり大げさにならないように注意しながら、私は驚いてみせた。「亡くなった？」

「この旅館に泊まってらっしゃったこともご存知ですよね。昨日、ラウンジで三谷さん、シャトーさんとお話しされてましたね」

「ここで偶然ばったり会ったんです」

「大浴場、ほら、一階の離れというんでしょうか、渡り廊下の先にある。あそこの脱衣場に倒れていらっしゃいました。裸でした」

「心臓発作ですか」

「転んだ拍子に頭をぶつけたみたいです。時間は深夜の一時半過ぎ。テーブルから落ちた置き時計がその時間で止まっていました」

「昨日はあんなにお元気だったのに。まさかその晩のうちに事故で亡くなるなんて」

すると古畑は困ったような顔をして、右の中指を眉間《みけん》に当てた。

「んー、それがですね、あまり大きな声では言いたくないんですが」

「では小さな声でお願いします」

「……」

「聞こえるレベルでお願いします、古畑さん」

「事故とは言い切れないんです。つまり、殺人の可能性がありまして」

今度は素直に驚くことが出来た。「待ってください。シャトーさんは足を滑らせたわけではないんですか」

古畑は哀《かな》しそうな顔で私を見つめた。「誰かに突き飛ばされた、そんな気がするんです。少なくとも彼が亡くなった時、もう一人の人間がそこにいました。その人物は誰にも通報せず、その場を立ち去っています。ということはですよ」

彼はゆっくり繰り返した。「と、いうことはその人物は、シャトーさんの死に何らかの関係があるはずなんです」

「しかし、どうして誰かがいたと思われるんですか」

「遺体を見た瞬間に確信しました。風呂上がりのシャトーさんは全裸で、腰に手ぬぐいを巻いていたんです。たった一人で風呂場にいる時、んふふふふ、人は股間を隠しません」

その時から、私と古畑との長い戦いが始まった。


「三谷さんに見て頂きたいものがあるんです。事件現場にご足労願えますか」

古畑に言われ、私たちは大浴場へ向かった。

死体は既に片付けられていた。古畑に座るように促され、私はエマニエル夫人が座りそうな籐《とう》で編まれた椅子に腰を下ろした。

「実は死体の脇にこんなものがあったんです」。古畑が見せたのは、千代紙で作られた小さな紙飛行機。「元々は鶴が折ってあったんです。旅館の方が作ってテーブルに飾っていたようですね。シャトーさんが倒れた拍子に落ちたんでしょう」

床を見渡すと、立ち去る時には気づかなかったが、小さな鶴が散乱していた。

「シャトーさんは即死ではありませんでした。彼は最後の力を振り絞って鶴を拾い、改めて飛行機に折り直しました。そして、ここが面白いところなんですが、ご覧になって下さい」。古畑は紙飛行機の先端を私の目の前に突き出した。「よく見て下さい。先っぽがねじ切ってある。不思議だと思いませんか」

古畑の言う通りだった。こんな寸詰まりな紙飛行機を私は見たことがない。

「ひょっとすると古畑さんは、これがダイイングメッセージだと、おっしゃるんですか」

「私はそう思ってます。しかし、引っかかっているのは、そこではないんです」

古畑は脱衣場を歩き回りながら、自分に問いかけるようにして言った。

「シャトーさんは床に倒れてからしばらく生きていました。にもかかわらず犯人は放置した。なぜか。あそこの喫煙スペース。大理石の灰皿が見えますね。大理石の灰皿といえば、はい、刑事ドラマの凶器の定番です。あんな都合のいいものが目の前にあるというのにですよ、なぜ犯人はあれを使ってもう一度シャトーさんを殴らなかったのか」

「怖くなったんで逃げ出したんではないですか。ちょっと待って下さい古畑さん」。私は僅《わず》かに語調を強めてみた。「あなたは殺人を前提に話してらっしゃいますが、そもそもそれが間違っているとは考えられませんか」「しかしそうなると、紙飛行機にはどんな意味が」「シャトーが折ったとは限らない。子供のいたずらだったとしたら、どうします?」

古畑はそれには答えず、ポケットから一枚の紙切れを取り出してみせた。

「ここの旅館の裏は森になっていて、勝手口に繋《つな》がる小道があるんです。深夜二時過ぎ、その防犯カメラに、非常に慎重な足取りで建物に入っていく人物が映っていました。これはその映像をプリントアウトしたもの。時間も時間です。この人物が犯人である可能性は非常に高い」

確かにそこに映っているのは私だった。カメラのことは知らなかった。だが頰被りで顔は見えていないし、着ているのは旅館の浴衣と丹前。風呂帰りの客は大体同じ格好だ。私と断定できるはずがない。自信を持って私は尋ねた。「まさか古畑さんは、これが私だと考えてらっしゃるのではないでしょうね」

するとと古畑はうつむいたまま、かすれた声でこう答えたのである。「はい、もちろん、私はそう考えています」

「犯人はあなたですね、三谷さん」

「面白いですね。どうしてそう思われるんですか」

「例のダイイングメッセージ。『飛行機』の先端をちぎれば『こうき』になります。つまり三谷幸喜」

驚きはしなかった。この時を私は心のどこかで予測していたのかもしれない。

「分かりました。自供いたします」

「本当によろしいんですか」

「息子に容疑がかかるなんてあってはならないことです。もちろん分かった上で、おっしゃっているんですよね。いいでしょう、殺したのは私です」

古畑は申し訳なさそうに私を見つめた。

「自供して頂いてありがとうございます、三谷直江さん」

「私はね、古畑さん。幸喜の作品は、全部観《み》ているの。息子の作品の大ファンなんですよ。身体の調子のいい時は制作発表まで見学に行くくらい。だから、アドリブを連発するシャトーがどうしても許せなかったんです」

改めて古畑を見た。鼻筋の通った端正な顔立ち。嫌いではない。古畑は言った。

「お察しします」

「いつから私を疑っていたんですか」

「犯人はなぜシャトーさんにとどめを刺さなかったのか。それがずっと気になっていました。しかし実際はとどめを刺さなかったんじゃない。刺せなかったんです。犯人にとって立ったり座ったりはかなりの苦痛だった」

「おっしゃる通りです。今年でもう八十六。おまけに数年前に腰をやられて」

「シャトーさんが亡くなったのは深夜の一時半過ぎでした。勝手口の防犯カメラに犯人らしき姿が映っているのが二時過ぎ。露天風呂から勝手口に通じる私道は、十メートル。この人物は十メートルを三十分かけて歩いている。こんなにゆっくり移動するのは、赤ちゃんか高齢の方だけです。それも腰痛持ちの。滞在客の中で該当するのは、あなた一人でした」

そして古畑は私の耳元で囁《ささや》くように言った。

「表で車が待っています。車椅子をご用意いたしましょうか」

「その必要はありません。自分で歩いて参ります」

　古畑に支えられながら、私はゆっくりと立ち上がった。

「そういえば古畑さん。あの飛行機には、本当はどんな意味があったんでしょう」

「おそらく、こういうことではないでしょうか。『こうき』は『こうき』でも『後期高齢者』。んふふふふふ」


（挿絵　えのころ工房）

これが私だと…
はい もちろん
私はそう考えています

いかがだったでしょうか。小説で書くのだから、今回も絶対に映像化出来ないエピソードにしてみました。それにしても推理小説は難しい。説明が丁寧過ぎて読者にバレやしないか。この一週間ずっとドキドキしていました。

シャトー二朗のモデルになった佐藤二朗さんには、事前に了解を頂きました。実際彼のお芝居には、シャトーの言う通り、アドリブはほとんどありません。それっぽく見えるのは、彼のテクニックです。それから僕の母。架空の設定とはいえ殺人を犯すので彼女にも書く前に相談しました。古畑の犯人役と聞いて、喜ばない母ではありませんでした。そして執筆時にアドバイスを下さった編集者の町田暁雄《あけお》さん。ありがとうございました。

最後に忘れてはならない田村正和さん。古畑の台詞を書く時、僕には常に田村さんの声が聞こえています。昔も今もそれは同じです。いつだって古畑は僕と田村さんの共同作業。またいずれ、声が聞きたくなる時が来るかもしれません。その時はよろしくお願いしますね、田村さん。

本書収載期間の仕事データ

●舞台「23階の笑い」
二〇二〇年十二月五日〜十二月二十七日　世田谷パブリックシアター（東京・世田谷区）
企画・製作／シス・カンパニー
作／ニール・サイモン
翻訳／徐　賀世子
演出・上演台本／三谷幸喜
出演／瀬戸康史、松岡茉優、吉原光夫、小手伸也、鈴木浩介、梶原　善、青木さやか、山崎　一、浅野和之

●テレビドラマ「死との約束」
二〇二一年三月六日
制作／フジテレビ
制作協力／共同テレビ
原作／アガサ・クリスティー「死との約束」より
脚本／三谷幸喜
演出／城宝秀則
出演／野村萬斎／松坂慶子、山本耕史、シルビア・グラブ、市原隼人、堀田真由、原　菜乃華／比嘉愛未、

坪倉由幸／長野里美、阿南健治／鈴木京香ほか

●舞台「日本の歴史」（再演）
二〇二一年七月六日〜七月十八日　新国立劇場中劇場（東京・渋谷区）
二〇二一年七月二十三日〜七月三十日　梅田芸術劇場シアター・ドラマシティ（大阪・北区）
企画・製作／シス・カンパニー
作・演出／三谷幸喜
音楽・演奏／荻野清子
出演／中井貴一、香取慎吾、新納慎也、瀬戸康史、シルビア・グラブ、宮澤エマ、秋元才加

●大河ドラマ「鎌倉殿の13人」
二〇二二年一月九日〜十二月十八日
制作／NHK
脚本／三谷幸喜
演出／吉田照幸
出演／小栗　旬、新垣結衣、菅田将暉、小池栄子、片岡愛之助／坂東彌十郎、宮沢りえ、大泉　洋、西田敏行ほか
語り／長澤まさみ

**三谷幸喜（みたに・こうき）**

一九六一年生まれ。脚本家。近年のおもな舞台作品に「ショウ・マスト・ゴー・オン」「笑の大学」「オデッサ」、ドラマ作品に「誰かが、見ている」「死との約束」「鎌倉殿の13人」。映画では「記憶にございません！」以来となる脚本・監督作品「スオミの話をしよう」が公開予定。おもな著書に『三谷幸喜のありふれた生活』シリーズ、『清須会議』などがある。

三谷幸喜《みたにこうき》のありふれた生活《せいかつ》18
時《とき》の過《す》ぎゆくままに

二〇二四年四月三〇日　第一刷発行

著者　三谷幸喜
発行者　宇都宮健太朗
発行所　朝日新聞出版
〒一〇四-八〇一一　東京都中央区築地五-三-二
電話　〇三-五五四一-八八三二（編集）
〇三-五五四〇-七七九三（販売）
印刷所　図書印刷株式会社



JASRAC 出 2402163-401
ISBN978-4-02-251980-1
定価はカバーに表示してあります
落丁・乱丁の場合は弊社業務部（電話〇三-五五四〇-七八〇〇）へご連絡ください。
送料弊社負担にてお取り替えいたします。